那些年的情敌

鲁引弓 著

RIVALS IN THOSE YEARS

天地出版社 | TIANDI PRESS

图书在版编目（CIP）数据

那些年的情敌/鲁引弓著.—成都：天地出版社，
2017.7

ISBN 978-7-5455-2763-6

Ⅰ.①那… Ⅱ.①鲁… Ⅲ.①故事—作品集—中国—
当代 Ⅳ.①I247.81

中国版本图书馆CIP数据核字（2017）第071231号

那些年的情敌

出 品 人	杨　政　高　路	
作　　者	鲁引弓	
责任编辑	陈文龙　沈海霞	
特约策划	舒　妍　华　婧	
封面设计	仙　境	
版式设计	刘珍珍	
责任印制	葛红梅	

出版发行　天地出版社
　　　　　（成都市槐树街2号　邮政编码：610014）
网　　址　http://www.tiandiph.com
　　　　　http://www.天地出版社.com
电子邮箱　tiandicbs@vip.163.com
经　　销　新华文轩出版传媒股份有限公司

印　　刷　三河市华业印务有限公司
版　　次　2017年7月第1版
印　　次　2017年7月第1次印刷
成品尺寸　145mm×210mm　1/32
印　　张　7.5
字　　数　133千字
定　　价　32.00元
书　　号　ISBN 978-7-5455-2763-6

引 言

我的青春时代，离现在不是太远

返顾的时候，又仿佛隔着万水千山

世事如烟，掩映着那些女孩

让我刻骨铭心的欢颜和悲哀

我们彼此给过快乐，给过忧愁

给过苦，并携带着它的滋味

在大时代，走到今天自己的这个样子……

/ Chapter /

1

那些年的情敌

我至今还记得我第一次和友琳搭讪时的情景。那是在20世纪80年代的大学同乡会上，这个笑容干净，有点小布尔乔亚的女孩，和我同学院，不同专业，当时她招惹了许多人的视线。一堆人围着她用名词轰炸，弗洛伊德卡夫卡尼采……我从没见过这么热爱谈吐的女孩。那天不知为什么，她最后把手里的留言卡给了我——"地球是圆的，所以我们相遇"。

　　几周以后，我与她再次相遇，不过不是在地球的另一端，而是在火热的大街上。

　　那天我从食堂出来，看见一群人扛着旗吵吵嚷嚷地往校门那边去。我问，你们这是去干啥？他们说食堂涨价了，官倒太多了，生活太假了。我知道他们这是上街。

那天下午全城的人好像都跑到马路边来扯国家大事，闹哄哄的，谁都会以为置身于一个时代的开场戏中，我一眼看见女生友琳也在人堆里。她脖子里绕着一条橘色毛线围巾，小脸儿兴奋得像一朵向阳花。她和她的同学想把一些条幅、纸张往树上挂。友琳拿着一张，大声问，劳驾哪位男生，谁上去？我嚷嚷着"我来爬"，就攀上树去。我在越过一个枝丫时，听见裆下响亮的一声，接着我听到了仰面朝上的"向阳花"友琳夸张地尖叫了一声。然后她和他们咯咯咯笑开了花。

我的裤子就这样在热火朝天的大街上裂了裆。其实那个年代的街头，常有这样年轻的人潮，而那个年代的裤子也普遍粗制滥造。那天是1986年12月14日下午。隔了二十多年我还记得这个日子，除了反官倒，还与这裤子有关。

接下来的春天，校园广播里整天在放一支歌——"你就像那一把火，熊熊火焰燃烧了我……"我们和全中国青年一样，整个春天都在学习政治。学着学着，众多男女生对上了眼，来了电，向爱情转场，"恋爱风"席卷校园。那时候我还年轻，不懂这个世界的逻辑。我只知道自己在校园里与友琳相遇时就觉得高兴和心跳，不知从哪天起满眼都在寻找她的影子，每一分钟都在想她。

我常在食堂里看见她被四五个男生围着，她嘴里咬着个调羹，额头闪着光泽，笑啊说啊。我坐过去的时候听见他们在说系统论，说社会超稳定结构。他们是今天所谓的文艺青年。这些家伙的一大特点就是爱扎堆。

可惜我扎不进她的堆，我借了弗洛伊德、萨特的书，看到云雾里，还是搭不上他们的话。终于有一天，她明确对我说："你别再来找我了好吗？人与人能不能混在一起这要看感觉，感觉这东西是很怪的，这可不像你做化学实验，多少剂量放下去就可以起反应，你懂了吗？"

她看着我，像只骄傲的小母鸡。那一年她十八岁，正是趾高气扬的年纪。那一年我十八岁，被她那种浪漫的范儿迷到七荤八素。那时候搞文学，与现在搞上市公司、搞新媒体差不离，都是牛人干的活，所以，想搭她的男生够得上一个加强连的人马。

而我把妒意落在了两个校园诗人身上，据传他们每天向她的信箱里献诗一首。他们是我的情敌。他们几乎让我相信，这辈子如果不会写诗将找不到老婆。我借了《志摩的诗》《海涅诗选》《朦胧诗集》……造啊，从宿舍造到图书馆，再造进通宵教室。20世纪80年代的通宵教室里灯火明亮，许多人都在沙沙地走笔，写着写着，我突然发现这一屋子人其实都在熬夜抒情，诗，信，嘴里全他妈的都在喃喃自语。有一天，我写完一首，热血直涌，就到教室门外透气，走廊上一法律系的家伙向我点头说他刚造了首诗——《失恋》，"就像拔牙/拔掉了/还疼"。他问我怎么样。有一天半夜，不知从哪里混进来一个疯女人，她靠在通宵教室的台阶下唱歌。她说，我给大家唱支歌，《一生何求》。我们哄笑成一片，都跑到外面去看。那女人说，我一个纯情少女，你们为什么笑我？

那些个夜晚，我造完诗就奔向友琳她们楼下的信箱。有一天，我在穿过空旷的校园时，认定自己可能是个疯子，我冲着路灯下飞舞的那些小虫子想，一个人恋爱了，也许不是因为他爱上了谁，而是因为他需要恋爱了。那些个夜晚我喜欢上了在她楼下晃荡。像所有初萌的少年，我描述不清那样的滋味。有一天我在晃悠的时候，有巡逻的保安问我干什么，吓得我拔脚就跑，他在后面追了好一阵，没赶上。也可能是他不想追了，因为校园里有许多人和我一样夜不思归。有一次，我甚至看到校联防队押着一对小情侣兴高采烈地从我们面前走过，一个家伙用树枝挑了只避孕套，向前探着，像举着只小灯笼。我听见他们说，干那事了，干那事了。

我丢进友琳信箱里的诗，统统石沉大海。有一天，我终于在路上堵住她，追问她我写的那些东西怎么样？

她快步往前走，脸上有奇怪的笑，她说，挺像徐志摩。我还来不及高兴，就听见她接着说，徐志摩的诗估计是全世界最酸的。

那天我翻遍《志摩的诗》，吃惊地发现她说得可真尖刻到位，而之前我却没一丁点酸的感觉。于是我在校园里四处找她想探讨这个问题。有天晚上我看见她从图书馆大门出来。我从走廊那头晃过去，把她惊了一下，她尖声说，你总是跟着我，别人都在看笑话了。我告诉她，我发现了徐志摩的软肋啦，他的情书写得没林徽因好，甚至没陆小曼好，这主要是因为他文字里面有勾引的味道，有做作，而不像女人只要爱了，文字里就有情感。你说的酸可能就是因为这个吧。

她的大眼睛在路灯下有惊异欲笑的表情。她果然扑哧笑了。她告诉我这么整天跟着她让她产生荒谬感，她说其实她这会儿和我说话也有荒谬感。她说，真不知该怎么和你们这些理科生谈明白一些事儿，你们太实在了，我实在受不了啦。

她认定我和她这题目解不下去了，无解，别钻牛角尖了，还是做普通朋友，好不好？

我瞥见路灯下我的倔影子在连连点头，我一把抓住她的手说，那么我就做你哥哥吧，你就叫我哥哥吧。

她甩开我的手仓皇远去。

我写诗写到那年秋天，爱情还毫无进展。有天中午，我挟着书本去历史楼上公共课，穿过林荫道的时候，一些叶片在扑簌簌地落下来。那一刻我突然觉得了无生趣。我想，或许真的该歇歇了。

那天下课后，我从教室里出来，天快下雨了，我就赶紧往宿舍方向跑。在我绕近道穿过田径场的时候，我看见友琳正在上体育课，进行八百米测验。跑道上友琳在跑，她落在了最后面。我看了一会儿。她从我边上气喘吁吁地过去。我听到了她的喘息。她右手插在腰里，脸色苍白。她好像快要跑不动了。我就向她招手："友琳，慢一点。"

接着我发现自己在内场小步跟着她跑，一边挥手喊："友琳，慢一点，慢一点。"她脸色苍白，转过头来对我说："别烦我，我在测验，别烦我。"

她们班的女生和体育教师都对我哈哈大笑。友琳突然停了下来，气喘吁吁地给了我一个白眼。

大雨就是在这时从天而降。我抹着脸上的雨水，就像抹着初恋的眼泪。

撒手之后，我在实验室的瓶瓶罐罐之间狂补作业，我摆弄着那些瓶子，做"反应热效应的测定"，我的情绪需要来一段冷却。一个星期六的晚上，宿舍里的哥们都去看电影了，我拿起书包正准备去实验室。我听到楼下有人叫我。我一看，是友琳正仰脸看着我们的窗子。

她上楼来，站在门口的走廊上问我晚上是不是空着，她们文学社请了个上海"撒娇派"诗人来辩论，请我去听。

她从书包里拿出一张表格递给我说，你来参加我们文学社吧，你的诗确实是越写越好了。

走廊上晾晒的衣服在滴水，一些男生从我们身边走过去。我说我已歇笔了，你这么夸我是想让我还有点面子吧。她眼里突然有了点他妈的悲悯。她嘀咕，我可没这么想，我是跟你说真的哪，你写的诗是在进步。

她告诉我，其实她每天早晨从信箱里取出它们时都留意到了这种进步，这个过程很有意思，就像注意到一个人每天都在长高，就像看一个人的作业成了习惯。她说，你来参加我们的文学社吧。

我说，你不是在说你喜欢上了批改我的作业吧？

她咯咯地笑起来，混充老练的样子轻扬了一下头发，告诉我可能是吧，不过嘛，进步是进步，但她还是有种对不上号的感觉，因为她实在想象不出那些书面语句从我嘴里说出来时的样子，所以她无法确认写诗那一刻的我和真正的我是不是同一个人。她说，不知道你懂我的意思吗？

她绕得像麻花一样的话我当然不懂。我想，她是想说看扁了我呢，还是想特深刻地指明我们做不成朋友但可以做诗友的道理？

总之我不懂。但我还是兴高采烈地跟着她去了那个讲座，也去了以后的几个讲座。

一个月后，她和我混在了一起。她成了我的女友，我们成了1987年"恋爱潮"中无数情侣中的一对。我们的同学都傻了眼。

说真的，我也傻了眼。而她说，是看着我可怜，因为那天我一把一把抹着脸上的雨水就像抹着眼泪，所以看着可怜。

她让我傻眼很正常，因为我跟不上她的节奏。其实，后来我也一直不太找得准她情绪的转换点。这就像那个年代接踵而至的浪潮。

那是青春起潮的日子，她会在夜晚校园的角落里，突然抱着我的脸狠狠地吻我并莫名流泪，也会突然莫名烦躁地踢我几脚说她很烦，但又不知是哪儿烦了；她喜欢我在竹林的砖堆后面，死死地抱紧她，但她也会突然几天不理我，让我找不到北。我承认我跟不上她的节奏。我狠命地跟，沉溺在惊乍和兴奋中。

她眉眼间有种不知天高地厚的冲动和文学小布尔乔亚的气质。她爱谈人生，爱附庸一切遥远的事。她的脑袋里每天都需要蹦出很多指令，让自己和周围的人处于亢奋状态。和她混在一起的那些日子，我们赶一场场讲座的场子，追一部部外语片，关心过遥不可及的东西。

有一天晚上，我坐在阶梯教室后面看友琳他们为学校艺术节排话剧。室友钟向阳进来把我叫到门外。他指着台阶下的一瘦高个儿，说是找我的。

那人留着半长的头发，背着一个人造革大旅行包和一把吉他，正在向我招手。我一下子没认出他是谁。他走过来给了我一个拥抱。他说："嘿，还认识我吗？"

猪鼻头老蒋。

我兴奋地推了他一掌。好多年没见了，我哥中学同学老蒋浑身汗酸味地站到了我的面前。我记得他大学毕业后被分配到了石家庄一家工厂。他把背上的大包往地上一搁，仰脸向夜空舒了口气，说："我要去海南啦，今天来你这儿投奔一夜。"

1988年下海南的千军万马把我们学校当作了驿站，老蒋就是他们中的一员。这些满脸狂热而又心事重重的家伙，挤在沙丁鱼罐头似的车厢里颠簸而至，在我们这儿喘口气，再坐轮船去天涯海角。

友琳走过来，好奇地看着我这老乡和那把吉他。我告诉老蒋这是我女友。老蒋眯着眼对我们笑着，然后伸手拧了一把我的耳朵，说，嘿，搞得很活嘛。

这老蒋曾是我哥中学班里有名的蔫蛋，那时他书包里藏着本《少年维特的烦恼》，他对所有笑话他的男生辩解："大段大段的抒情，大段大段的抒情哪。"而现在，几年不见他竟有一种说不出来的范儿，不时甩着额前长长的头发，视线飘在你头顶上方，像浪迹而来的独客，心不在焉，而又真情无限。

你在海南找了个什么工作？友琳问他。他说，还没找哪，去了再说呗。

老蒋跟着我去宿舍，他说他坐了两天两夜火车，整个人现在还在飘忽。我问他饿不饿。他说不饿，就是渴。他说，你们可能不知道吧，这一路有多少人在南下，估计美国开发西部那会儿也就这样了……

那天晚上他咕咚咕咚地喝完了一茶缸又一茶缸的水。他把一张草席往宿舍地上一铺，说，我睡啦。他枕着他的旅行包呼呼大睡。

半夜他醒过来，端起我桌子上的杯子咕咚咕咚又喝了一杯。他看见我被吵醒了，就凑过来说，你不知道吧，这次我是不辞而别，我们单位那些人没准会以为我失踪了。

第二天一早，老蒋就直奔轮船码头去买船票。他回来的时候居然骑了辆八成新的自行车。我认定他从哪儿偷来的。他对我打了个响指，说，妈拉巴子的，票全卖完了，你不知道队排得有多长，全是去海口的，热岛，绝对热岛。

那天下午，他坐在我们学校中区的草地上，拨弄了一下午的吉他，我和友琳傍晚去图书馆的时候看见他还坐在那里。有几个女生围着他，在看热闹。

我听见他在唱："我要从南走到北，我还要从白走到黑，我要人们都看到我，但不知道我是谁……"老蒋对我点着头，他的手指没停下来。说真的，好几年没见他了，他如今让我惊到云雾里。那天晚上，我和友琳也坐到了草地上，被他迷到七荤八素，我们没去成图书馆。他狠狠地打击了友琳，他说，怎么你们还在摆弄小酸文啊。他说现在该看的是王朔，该听听摇滚。他指着草坪上空的广播，它正在唱"夏天夏天悄悄过去留下小秘密……"他说那是靡靡之音。

在夜色渐浓的草坪上，老蒋的脸庞一会儿晴朗一会儿阴愁，他眯着眼睛似笑非笑，说这儿多好啊，你们走出这个大门就会知道什么叫"苦"，你们这些孩子没受过苦啊。

老蒋连着几天都没买到船票。他在我们宿舍进进出出，才几天工夫，校园里就有女生跑来找他，她们在我们楼下喊："蒋雨舟，蒋雨舟。"

于是，我忍不住对友琳说，几年不见想不到他成了个钓妞高手。

友琳咯咯地笑道，他好像没故意招惹别人吧。她说，不过我敢肯定，这是个脑子混乱成一团的家伙。

我不知为什么突然就有了妒意，我问她有没有觉得他有点装。她说，maybe，不过他有那么多的经历真让人羡慕。

那张千呼万唤的船票还在空中飘忽。我把宿舍钥匙和一刀饭票交给老蒋，我告诉他明天起他就别睡地铺了，睡我的床吧，因为我要去M城化工厂实习三个星期，但愿我回来的时候，他已去成了海南。

老蒋抱了一下我的肩膀，说要为我饯行。他请我和友琳去北校门外的大排档吃消夜。那天他喝多了几杯，舌头就有点大，他凑在我的耳边说，看着大学多美啊，真想哪儿也不去了。那天我觉得老蒋像个话痨，像个超大号的电灯泡。

　　三个星期比想象的漫长，许多个黄昏我从厂里回到宿舍就给友琳写信。我抱怨她的回信怎么越来越拖。在实习的第三周，我收到了她的来信。很厚的一叠。我看了一遍没看懂，看第二遍时只觉得心里很躁，看第三遍才彻底明白，原来她和老蒋好上了，所以她来道歉。

　　"老蒋前天已去海南了。在你不在这儿的这些天里，我常去你宿舍找他聊天，听他弹吉他……我不知该怎么说，原谅我，我好像看到了自己的影子，看到了相似的眼神和情绪，我明白了两个人为什么喜欢长时间地聊天，那是因为对事物的定义是那么相同，我想我是真的恋爱了。原谅我这么说。我不知该怎么说清楚这事，只有对你很深的歉疚……

　　"那天他买到了船票，他扶着自行车站在我楼下说要把车留给我，那一刻我觉得他让我难过，他的即将离去让我难过，他一无所有的狂热劲头让我难受。他告诉我，他不能不走了。我知道他在逃避我，也在逃避自己……但在你回校之前，我得告诉你我对你的抱歉，算我不是一个好女孩吧……"

我拿着那封信，看了一遍又一遍。那时候我还不懂为什么坏男孩上女孩那么轻而易举，但我还是明白了一个事实，那就是老蒋这鸟人把我的女友拐走了。我心里只有狂扁他的念头。

　　我跑到化工厂的厂办拼命地拨电话。电话那头，管女生楼的大妈在喊"友琳友琳"。声音在我手中的话筒里回荡，让我有做梦的感觉。然后大妈告诉我说，"她去上课了"，"她不在"，"她去自修了"，"她们宿舍没人"。

　　终于，我在第三天的傍晚找到了她。我好像听到她走过来的声音，我听到女生楼走廊上嘈杂的动静。我大声地问她，你是真的还是怎么了？她在那头好像没有声息。于是我冲着话筒大声地说话。我不知自己在说什么。我心里有呕吐的感觉。她在那头好像很冷静，她说，我在信里都说了。接着是无声无息。我问她，你们好上了？她说，是的。我说，你是不想和我好了？她说，是的。我想她是多么不要脸啊。我徒劳地听着那头的沉默，她刚烈的性格好像沿着电线绵延而来，我感觉一百头牛也拉不回来了。我承认自己从来就跟不上她的情绪，也承认她和老蒋确实有那么点儿相似，我意识到了这些天来心里隐约的警觉和妒意，但我还是不甘。我"啪"的一声，办公桌上的一只玻璃杯子被我捏碎了。我说，血，血。她在那头问，怎么了？我说，血，我把杯子弄破了。她突然哭了起来。

我搁下电话，我喉咙里有呕吐的声音，我发现厂办的人都在吃惊地看着我。

老蒋把我的女朋友拐跑了。我要痛扁这两个叛徒。

回校后，我立马去女生楼找友琳，但从楼上下来的是陈春妮。她面色沉静，但我感觉她好像在憋着笑。她告诉我友琳前天去了海南，有封信留给我。

我拿着信往外跑，信上只有两句话——"你的手好了没有，我真的抱歉，但我无法勉强自己。我去海南几天，回来的时候，相信你已好过了一些"。

我买了一张汽车票，直奔海安。我打算先到那里，再坐渡船，过琼州海峡，去海南找他们。

车子一路飞奔，车上塞满了行李，满车都是下海南的人。那个季节天气已经很热了，窗外是一片片蕉林，风呼呼地扑到脸上，我觉得眼睛里好像有水快要流下来。身边一个戴眼镜的中年男子不停地和我搭话。估计我一路心事的样子让他同情，他安慰我："别急啊，你们年轻，到那儿找个工作，肯定没问题的。"

我揉着眼睛，说，那倒是，我有很多朋友已经去了那边，一个是去办广告公司，一个是去搞纪实杂志，还有一个，他爸有关系，能倒到汽车，哦，另外还有一个我的老师，下海了，去那边办佛教协会，我呢，学的是高分子，先找个工作，以后有机会和同学合开个科技公司吧……我瞎扯着，努力让自己亢奋起来，我怕停下来眼睛里就有水掉下来。我看着他风尘仆仆的脸，我问他：怎么，你也去那边找机会吗？是的。他看着我突然叹了一口气，说，如果我能年轻十岁，像你这样读过大学，用什么换都愿意。

我发现和他扯，能让我暂时不去想他们。但越扯他好像对自己越没信心。到湛江的时候，他说下去放松放松。他站在汽车边，突然对我说："我不去了。"

他说，看着你和满车的年轻人，我对自己没信心了。我连忙劝他，到都快到了。他抬头看了一下南方的蓝天说，我不去了，主意定了。

他好像抱歉地从车上拎下自己的旅行包，没看我一眼，掉头回家。这个江西人。看着他灰心透了的背影，我莫名其妙地突然想哭。我知道此刻他和我是一样地伤心。

我到海安的时候已是夜晚，从汽车站出来，我看见满街都是不知该去哪儿的人，他们吵吵嚷嚷的，热闹非凡。我往黑压压的人群走去，想打听过海的情况。路上的人都在说两三天内不一定过得去，因为全是要过海的人。站在陌生的夜色中，我决定先找个旅馆。走了一圈，别说旅馆，不少老百姓家里都住满了人。街上的人越来越多，我路过一家粮站的招待所，还没张口问，一个胖嫂就给了我一张草席，说，你自己到走廊上找地方睡吧。她收了我五块钱。我在走廊上躺下，突然旁边有一个老头坐了起来，冲着我大叫一声："嘿，小海，你怎么也在这里！"

我瞅了他半天，不认识。他说，你不是我家的邻居小海吗。我说，我不是小海，你认错人了。他抱歉地冲着我笑，他说他老了，认不清人了。他说，你是过海捞机会的吧。我说，是的，你总不会也去那边找工作吧？他说，我找儿子，他从家里溜了……他唠叨着，我则昏昏沉沉地睡去，蒙眬中看到屋檐上空的星星很亮，我想我怎么会在这里。

夜半的时候那老头好像坐起来几次，好像把一条毛巾毯盖在了我的身上。

我早上醒来，发现周围的人都在飞速地起身往码头赶。那老头已走了。我一边往外走，一边摸口袋想在街边买个包子，但钱包没了。我的钱包没了。钱包怎么没了？我脑袋嗡了一下。我在旅馆的走廊上来来回回地找，没找到。我猜是那老头干的。

我站在街边想着怎么办。我的背包里还有六七块零票，那是我昨天在汽车站买面包找回来的零钱，当时胡乱地塞进了背包。这点钱，别说过海去找他们，就是转身回学校也要想想办法了。我漫无目的地往码头方向走。空中是炙热的潮味，满眼都是急着过海找机会的人。而我，是去找被人拐跑了的友琳。我把手伸进空空荡荡的裤袋，发现自己是多么可笑啊。站在码头边我不知接下来该怎么办，那海水拍打着岸，海南的方向，那里云层辽阔。1988年的海南，是我的情敌。

　　货运站的一位司机大叔看在我是大学生的分上，同意让我搭车。车在南方的晴空下巅簸。阳光暴烈。车过半程，我感觉头痛欲裂。我看见友琳在脑子里飞快地跑着，越来越快，我抱着脑袋，心想自己一定是发烧了。

　　回校后，我昏睡了几天。我听见室友们问我要不要喝水，要不要吃饭。后来我好像听见他们在相互告诫，瞧啊，爱上别人是会伤身的。

　　我昏睡到一个星期后的一天下午，友琳来敲我的房门。当时别人都去上课了，楼道里静悄悄的。她捧着个椰子，瞅着打开房门的我，面容尴尬，她说，我回来了。

我看了她一眼就要把门关上。她用手肘顶住门板说，不要这样。然后她脸上是想哭泣的表情。我不知道她来找我干吗。我听见她在说她是昨晚回校的，把他一个人留在了那儿。她脸上有忧愁，说，可是，那里到处是"赶海"的人，看那样子他哪找得到工作啊？

我想，她告诉我这个干吗？

她说她自己这一个星期花尽了身上所带的钱，算了一下，到明天他口袋里也该没钱了。她问我能不能借她一百块钱，给他寄过去，否则就怕他没吃的了。

她不好意思地看着我。她不知道她此刻的忧心让我郁闷吗？我硬下心肠，一边用力把门合上，一边说，他呀，哪会搞不到钱？我没钱。我生病了。

那一阵我爱上了逃课，也爱上了被窝。有天上午我听见室友钟向阳在嗡声嗡气地说话，起来吧，和我们一起去练气功。

我说，你是在对我说话吗？

是的。

我把头探出被子，看见他正在对面的床上打坐。那一阵子气功热方兴未艾，他不知凭了什么成了我们学校的大师。他此刻看着我眉宇宁静。我恍悟，在我陷入狂爱的这段时间里，他也变了一个人。

他说，起来吧，打坐会让你静下来。

他说，只要你愿意，你甚至能听到从火车站那边传来的声音。

他说，只要你愿意你甚至能感觉自己是怎么从一个山间谷地里一步步爬上来。

他说，你得信这个。

当天晚上八点，他把我带到了西区漆黑的排球场。他指着球场那头，那里竟鸦雀无声地站满了一队队练气功的人马。

我练了三天，还是无力。这时专业课老师让人捎了口信过来，让我去实验楼补作业，否则这门课不给分了。

我确实拖欠了一大堆作业。我不知道这学期结束前还能否把它们做完。我走在实验楼空空荡荡的过道上。因为是周末，这里很安静。

我走进实验室。这里空空荡荡，只有一个女孩坐在烧瓶和试管后面，正望着门这边出神，是友琳。我愣了一下。

我和友琳同一学院，虽不同系和专业，但有些课程使用同一个大实验室。今天我没想到她也在这里，我有些尴尬地说，周末你还在这儿啊。

她瞅了我一眼，泪水夺眶而出。我装作没看见。我来到了自己的桌台。我想，不会是老蒋还没找到工作吧？

后来我看见她把头埋在了桌上，一直没抬起来。

怎么啦？你怎么啦？

你别管。

她趴在桌上，肩膀颤动，似在抽啜。

我隔了好一会儿，问，是老蒋没有来信？

她嘟囔，没有。她说，他一直没寄信过来，大概把她给忘了。

我说，那你寄过信给他吗？

她说，往那个旅馆寄了好几封，但没一个回音。

我说，也可能他搬走了。

她说，也许，他本来就快没钱了。

她呢喃而语：如果联系不上，那就搞丢了彼此，那里人山人海，就永远找不到了。

我心想，他可以找到你的呀，他知道你在这个学校这个专业。

我没说出这点。我知道她自然明白，所以她心里在难过着。

她在难过，因为她还沉浸在她自己的思维和情绪中，她呢喃，在岛上她陪着他在人山人海中找工作，马路上什么人都有，唱歌的，摆摊的，说梦想的，就是没有钱。自己口袋里的钱越来越少了，她得先回来上课了，在她走的前一天，他终于找到了一个商场，先帮助卖西红柿。他对她说，先从这里起步吧。她泪水纵横，说，不行的话，就赶紧回去吧。他扣了一下吉他的弦，说，不回去，这里虽然没钱，但你闻一闻，这空气都是燃烧的，都是年轻人的味道，好玩，我觉得好玩。第二天，他把她送到码头。她哀求他先回去，不要等船开，否则就有分手的感觉。他笑，那好，记住这一刻，就永远不会有离愁了，因为心里记住了，它就在心里了，OK，再见吧。她不知道他在说什么，估计他也不太清楚，因为她迷糊难过的样子需要这样的腔调来安慰。她喜欢这样的调调。他转身走了。她看着他一无所有的背影心碎无比。

她把头埋在桌面上，我看着她难过的背影，再次心想，他知道你在这个学校这个专业，他干吗不来联系？

我相信她也知道，所以情之所起，只是因为无措和自怜。用那时的言语说，就是"受了打击"。

我想着老蒋似笑非笑的眼睛，心不在焉的面容，好似流浪的身影。我仿佛看到了这不靠谱的家伙此刻在某个角落里弹着吉他，对别的女孩说着对这世界的梦想、忧郁。

友琳坐在前排，依然把头埋在桌面上。

我心里交错着鄙视、快意、烦恼、嫉妒等情绪。

整整一个夏季，她和我都置身失恋，我们近在彼此，各自失各自的恋。我遏制自己，是怕心痛再次袭来。

有一天傍晚，我去研究生楼一个老乡那儿，参加一个小型的饭局。

这老乡是中文系的才子，却还喜欢烹调，能用电炉在宿舍里做出辣子鸡丁、蒜香小排等小菜，所以时常约我吃饭。

我从校门口买了一串香蕉，拎了过去。一进门，没想到看见了老蒋。

我吃了一惊。他回来了？他怎么在这里啊？我怎么不知道啊？友琳知道吗？

我的血往头上冲。如果中文系才子和其他老乡不在，我可能已经一拳揍在他的脸上了。

而这鸟人竟然像无事一样，对我"嘿"了一声，还向我招手，然后伸开手臂，过来拥抱了我，他哈哈大笑，说，哈，你也来了。

我借机狠狠地拧了一把他的背。他放开手臂，看着我，点了点头，那意思是他知道了。然后他若无其事地向他人介绍我：老朋友。

中文系才子正蹲在地上，在炒电炉上的青蒜腊肉，满屋都是诱人的香味，才子也吃了一惊，说，你们认识啊？

我看着老蒋，脑子里还处于半空白状态。老蒋说，他是我同学的弟弟，我看着他长大的。

才子说，老蒋是我的小学同学，嘿，没想到你们也认识。

老蒋笑道，世界真小，谁和谁都扯得上边。

我瞟着老蒋，问，你这阵子藏哪儿去了？

他眯着眼睛，看着我，说，我不就在这城市吗？

我心里再次刹那空蒙，问，怎么回事，你不是在海南吗？

这鸟人居然在笑，他说，我前个月就回来了，在这里发展。他指了一下坐在床沿上的一位女士，说，跟丁姐在做信息研究。

我这才注意到那戴眼镜的女士，她向我微笑点头。看不出她有多大年纪，但看得出她比我们大，容貌秀丽，眼神沉静。

老蒋面容平静，温和地看着我。他真像是忘记了几个月前他还在这校园里混迹，把我的女朋友骗跑了。现在他居然有脸装作惊喜的样子，对我说，嘿，想不到在这儿遇上了。

我心想，你这有什么想不到的？你压根儿没想让我们知道。

我坐在椅子上，一声不吭地看报纸。才子继续对着电炉炒菜。

我听见老蒋说，我下楼去买几瓶啤酒吧。

他走过来摇摇我的肩膀，说，你和我一起去吧。

这厮知道我憋闷着的情绪，所以想了这么一个活儿，让我跟他下楼，想跟我说说什么吧。也可能是怕我待会儿忍不住，当着老乡的面，尤其是那个丁姐的面说出来。

他和我一起下楼，走过楼梯拐角的时候，他回头，看着我，脸上竟有腼腆的哀愁。他往后贴墙，说，你揍我几拳吧。

我一声不吭，一手按着他的脖子，拎起拳头，就往他肚子上狠揍了几拳，然后给了他一个不算太重的耳光。他嘟囔，打吧打吧打吧。

楼梯上传来了脚步声，我们赶紧分开，像什么事都没发生一样，一起往楼下走，去小卖部买了啤酒。

一路无语，回到才子宿舍。才子说，吃吧吃吧，菜要冷了。我们就围着几张书桌拼成的桌台开吃起来。他们聊天，我在一旁听着听着，就听明白了，这丁姐是国家某部委下属的一家研究机构的，单位让她在海南成立了一个文化信息研究部门，负责信息整合与资源整合。她笑道，其实是我自己想出来干，透口气，做点实事。她言语闪烁，闪烁处是似有似无的深背景，像许多来自北京的高干子弟一样。老蒋的脖子上还有我刚才按出来的红印，他在说丁姐人好，自己走投无路时，她收留了自己，公司里还收留了好些像自己一样的人。丁姐笑道，哪里哪里，像你们这样的孩子，为梦想而来，兴冲冲地，看不得你们受苦，也就给碗饭而已，让你们自己去闯。

说着说着，我就发现丁姐是一个激烈的人，关注政治和时局，能讲"西马"和新儒学。她说"中国人精神不在家"，她环视我们，指着窗户说，这是一个特别的时代，就像海南，就像一棵树，每一个枝头都在绽出芽来，何去何从，其实都与底层公众的精神状况有关，与相信什么有关。

我没被她震晕，因为我想着离这研究生宿舍楼五百米远的实验室里，友琳正在沉思默想，为她的爱情伤感，为老蒋牵肠。我瞥了一眼老蒋，他看着丁姐，像注视偶像，脸上的服帖一目了然。

我问老蒋，你们信息研究具体是干什么的？

他见我跟他说话了，就笑了一下，说，就是把各种与市场有关的信息整合起来，给需要它们的人。

他说了也等于没说，我没明白。他说的另一个事我倒明白，他告诉我，他最近在发货。发货，知道吗？就是把北京路上销售的衣服，批到北京、上海，尤其是黑龙江去，差价超大，因为款式好。

所以最近他在批发衣服，生意好到不可想象。

我问，你们公司是做这个的？他"切"地笑道，不，我自己有空就做点这个，她不做这个，她哪能做这个呀，是我试一下水，她同意我了解了解市场。嘀，"十亿人民九亿商呀，还有一亿待开张"。他仰脸笑，瞅着我说，折腾呗。

那种热腾腾的、新机遇的气息，就拂到了我的脸上。如今我回想那样的夜晚，依然可以感觉到彼时思维这般的跳跃和紊乱仿佛并不分裂，相反，还古怪地搭调。那时好多不相关的事，似乎都有共依的逻辑，救世、玩世与疼自己混成了一团激情的热气，比如上一分钟在讲中国社会结构，这一分钟在讲股份制，而下一分钟就跳到了是不是要从广州捎点外烟到南京去。老蒋让我过年回家时，也捎一点东西回去，彩电如果背得动，带一台，一年生活全有了，这也是发货。丁姐听到了我们的这话，冲着他笑，说，小子，当个体户可不是你的目标。

这一个晚上老蒋坐在我的身边，压根没提友琳。那好像是一片飞移过去的云朵，在他的天空中已经淡去。他哪知道友琳就坐在楼下不远处的实验室里，在对他朝思暮想。

我说我要去做作业了，提前告辞。我把老蒋拉到门外，说，刚才只顾着揍你几拳，没时间跟你说话，你知道友琳在等你回信吗？

他一愣。他看着我，说，对不起。他摇摇头，把嘴凑近我耳边，说，我对不起你。

然后他拼命地摇头，像要摇去脑袋里的云朵。

我说，你对不起的是她，你让她天天在等。

他瞅着我，然后闭了一下眼睛，脸上竟有腼腆的哀愁，说，你能告诉她吗，我也一直记得她，告诉她别那么在意，人与人就是过客，不管如何相依，情境过去了，难免成为过客，谁也承担不了别人，最难的时候，照顾好自己就是天大的责任，我这么说，你们不懂，是因为没吃过苦，以后会懂，我感谢她对我好，帮我告诉她吧，好不好，她想象的我也一定不是我。

我走下楼。我心想这鸟人在说什么呀，也可能他也不知道自己在说什么，还说得这么有腔有调，仿佛在说人生悖论和这世界的痛点，而不关他本人的薄情。

老蒋告诉我他会去北京。在幽暗的楼道里，他好像知道我心里的低沉，他以呵呵的笑声想宽松一下气氛，他说，因为丁姐想回去，那里有一批她的志同道合者，北京的平台才是大平台。

友琳不知道老蒋已经从海南回来了。

她也不知道老蒋有些晚上甚至来到了我们校园里，跟丁姐一起，找专家学者谈天说事。

友琳依然像前一段时间那样，把实验室当成了家。她早来晚归地待在这里，摆弄着试管烧杯，或一声不吭地趴在桌上写东西，我知道她在写诗。只是她不会像以前那样给我看了。

有一天，我在做实验的时候，回头看见她正看着我。她说，你为什么一声声地叹气？我说，我在叹气吗？我怎么不知道我在叹气。

她沉默了好一会儿，说，如果你心情不好是因为我，那我真的对不起，很对不起。

我觉得自己的眼睛里涌起了雾气。我抗拒着自己的软弱。我扭头说，没事没事，你自己不要不开心就好。

她看着我，也叹了一口气，然后又叹了一口气。

我说，干吗呢，想到你在不高兴，其实我也会不高兴，所以你该高兴起来，我说的是真话。

她点点头，收拾好书包，走了出去。

友琳和我，像一对奇怪的组合，泡在实验室里。

她在那里做实验，我在那里狂补作业。

有天中午我趁实验室没别的人，用电热杯煮了碗方便面，还加了个蛋。香喷喷的味道，让实验室散发出一种奇怪的居家气息。她在那头说好香噢，我随口问她要不要。我记得好像就是从那天起，我迷上了在实验室煮东西。有一天我甚至学中文系的才子老乡一样，去校门外的菜场买了条鲫鱼，回来煮了杯鱼汤。她走过来尝了一口，说，嗬，不错。

又有一天，我在用电热杯费劲地炒一杯菠菜年糕时，她连声说好香。我说，我再去洗点菠菜，回来再做一杯吧。当我回来时，她正手忙脚乱地用调羹拌着电热杯里的年糕，怕煳了锅。我说我来我来我来。我蹲下身，从她手里拿过调羹，拌起年糕来。

她说，给我再炒个鸡蛋吧。

我笑道，没鸡蛋，你去买。

她说，好吧，就出了门。

过了一会儿，她不仅买来了两个鸡蛋，还买了两只螃蟹。

在孤独的实验室里，友琳和我又有了交往。

那只小小的电热杯，被我们藏在实验台的底下。我和友琳钻在实验室一起迷上了做饭。煮食散发的温馨气息让我们的亲密得到了一些恢复。空气中有了点暖烘烘的感觉。我们用那只小杯用到炉火纯青，我们的厨艺在飞速进步，发展到后来，我们甚至用它炒了碗麻辣田螺。

　　我们成了厨艺的搭档。我们好似重新走到了一起。但我心里明白，这一次我们不是情侣。至少到目前为止，她只是想以胃里的暖和让心痛趋缓，然后好过一点。

　　所以，做菜吧。

　　我们的炒田螺轰动了宿舍，老牛他们说，哇噢，这么好吃还不去食堂门口卖啊。

　　那时老牛他们已经在食堂门前"经商"了。他们卖方便面，卖报纸，卖二手书，以及代理冲印彩照。他们说这田螺端出去保准把食堂里的大锅菜给盖了。他们拼命煽动我和友琳，玩呗。我发现，原来在我泡实验室的这段日子里，别人已开始卖东西了。"十亿人民九亿商呀，还有一亿待开张。"老牛劝我和友琳赶紧开张，他准备放弃方便面，一起加盟卖田螺。

　　友琳像多数校园女诗人，趣味文艺，她觉得此事有些搞笑，她说卖田螺的事她可干不了，但可以帮我们策划一下招贴海报。

　　于是，老牛负责偷电、装电炉，我负责剪田螺屁股，主炒。友琳负责构思海报，在一张白纸上用毛笔写上广告语。她把这事干得像在写诗，她还真的写了一首诗，《田螺之歌》，"让味觉通往家园，通往童年的清清水塘"。

没有铁锅，我们用的是一只脸盆，田螺在脸盆里咣咣直响，整条宿舍走廊被我们炒出了厨房的味道。我听见经过门口的人在打喷嚏说真香。我奋力挥铲，对友琳说，这诗写得不错，我们会红的。

我们把脸盆端出去的那个傍晚，友琳起先站在墙报那儿观望。后来她见我和老牛这边大火，也就激情渐起，过来相助。围观那盆田螺的人越来越多。两毛钱一勺，我飞快地把脸盆兜得哗啦响。一盆卖下来，我们赚了二十块钱。那时候二十块的感觉比现在两百块还多。我们拎着个空脸盆往宿舍走，友琳一直在笑。我和老牛商量着还是先请宿舍的哥们搓一顿。她说，先省省吧，你们得先去买只铁锅。

连着两个周末我们卖田螺玩得热火朝天。友琳像那个时代众多文艺青年一样，只要是能激发出兴奋感的东西，她都能迅速将之升华，从而让自己的庸常行为有了形而上的高度。"炒田螺"同理，那仿佛是另一个浪潮的前奏，借着它，跟住了些许时代的脚步。于是她开始和我争抢着挥舞锅铲，锅铲叮当。

因为她的《田螺之歌》，我就叫她"田螺姑娘"。田螺香飘校园，每次收摊，数着那些小钱，我和她都感觉自己相当弄潮。

因为田螺，生活有了转移的兴奋点。有一天收摊时，我们甚至赚到了五十元。一伙人骚包到不行，非喝庆功酒不可。我们去小卖部买了瓶葡萄酒，我们坐在中央草坪的旗杆下，我费了很大的劲弄开瓶盖，然后轮流对着瓶口喝一口。老牛从口袋里掏出今天赚来的那堆零钱、菜票，一起数啊，晚霞满天，风吹着国旗在头上呼呼地响，远处传来奥运比赛电视直播的声音。那一年中国队在汉城不断失手，而我们胜得无以复加。友琳喝了一口酒就上脸了，她抚着自己通红的脸颊，晚风吹着她的发梢，我闻到了洗发香波的苹果味。夕阳下，她眉目间光彩闪动，遮掩了多日以来的忧愁。她坐在我的身边，我多想这样一直坐到明天天亮。

确实，"经商"成为迎面而至最大的浪漫主义，友琳以她心里潜伏的浪漫劲儿，与我一头扎进了"炒田螺"的游戏里。这似乎让她淡忘了老蒋的失联，淡忘了心痛。

星期天我用赚来的钱，悄悄去北京路给她买了一件橙色蝙蝠衫和一双皮鞋。拿给她时，她又惊又喜。我好久没见她如此透彻的开心眼神了。她好像忘记我们不是情侣了，居然伸手拉过我的脖子，贴了贴我的脸颊。

哪想到那鞋子穿了三天就坏了。她从鞋帮里掏出一团纸板来。

与所有随风飘移的浪潮一样，我们的"麻辣田螺"风光了没有多久，另一个波浪打过来，把他人和我们自己迅速吸引了进去。"香辣田螺"的海报被更多的海报覆盖，《田螺之歌》被更多他人的诗文，甚至是被友琳自己的新诗文淹没。友琳和许多人写啊写啊，食堂门前，新一轮浪潮上场，它淹没个人，让许多琐碎纠结暂成"杯水情感"，无暇顾及，它以大时代的架势呼应了不谙世事者的青春形态，别人的激越心情我不知道，我知道的是友琳的情绪有了转场的空间，我看着友琳迅速回光的脸容，我知道她正在从对老蒋的想念中摆渡出来，天宇下是辽阔风声，于是我开始蠢蠢欲动，在这样恍若大时代的场景里，爱情在不可抗拒地加速分泌，街边巷尾彼此相拥才不孤独，许多人在相拥共鸣，像依偎的鸟雀。我天天去找她，跟着她校内校外跑来跑去。无数次，我想开口问她咱俩是否可以重新开始。这世态与人群都仿佛即将重新开始，我们为什么不可以？这就是那一年夏天宛若风波的往事。人们的情绪被它牵引，别的平淡如水。

　　当然，那年夏天很多事到后来都平静如水了。

　　冬季快来的时候，老蒋背着一个大旅行包又出现在我的宿舍门口。他的头发更长，人更瘦。我没看到上次他带着的那把吉他。

他落魄的样子让我心软了一下，同意让他歇脚。我说，你去哪儿了？你家人找不到你，都托我哥来问我了，问你在不在南方？让我看到你叫你赶紧回家去。

他嘟囔道，我口渴死了，给我一碗水。

他像牛一样，把一大杯水咕咚咕咚地喝下去，然后说，回去？我看还是不回去比较好。然后他轻描淡写地说自己犯了点事，被关了几个月，还好，牵涉不太大，刚出来。

我听了没惊着。因为我知道，按他的性格，每一个浪潮他都会冲进去，随后把自己和别人的生活搞成一团乱麻，所以他遇到啥都不奇怪。我问他，那个丁姐呢。他闭了一下眼睛，脸上掠过一丝忧愁，他摇了摇头，没理我。我指了一下他的大包，问，接下来怎么办？他说找找工作看。他笑道，自己刚出来那天，走在马路上，看了一会儿墙上报栏里的报纸，发现好多说法都不一样了。他说，你给我找几张最近的报纸，我得看看，否则一开口，都对不上了，人家都不这么说话了。

我说，你这么说也太夸张了吧。他高深莫测地瞥了我一眼，说，你不知道。

像上次一样，他在我宿舍里打了地铺。白天他出去找工作，晚上回来呼呼大睡，在梦里呼天抢地。几天后，他找到了一家做家电的合资企业，重新做回他最初在技校学的电焊活儿。我在心里发笑，这兜兜转转的荒诞感。他却挺高兴的，说幸亏现在还有什么外资企业、合资企业，放在早十年，自己这辈子可找不到饭碗了，而现在可饿不死了，连海南都去混过了，还怕什么。

我知道他的意思。

我暗示他早点搬出去，因为室友有意见。

几天后，他在火车站附近的三店巷里找到了一个出租屋，说是还算便宜，就扛着他的大包搬过去了。

老蒋他爸知道他在南方后，就让我哥帮他寄了件毛衣过来，说是老蒋妈织的，让我转交给他。

星期六晚上，我拿着毛衣去火车站附近的三店巷找他。火车站广场人潮涌动，在明亮如昼的灯下，无数刚下火车的乡下男孩女孩被串成了一排排人龙。我知道他们将被转往三角洲那些乡镇工厂。我穿过行色匆匆的人们，绕开那些不知为了什么事想与我搭讪的人，找到了三店巷。巷口站着一个女孩，她向我点头笑着。就在我朝她看这一眼时，她对我说，要过性生活吗？我遏制想笑的冲动，我在1989年岁末的巷子里疾走，我想我终于遇上了传说中的鸡。

后来我坐在老蒋凌乱不堪的房间里说起这事时，还在乐不可支。他眯起眼睛，说，要看这样的笑话这巷子里每天都有。他指着窗外这条夜色中潮气汹涌的巷子，说，什么样的角色都住在这里，这也是生活，你啊，没看过吧。他显然看到了我皱眉，他好像故意恶心我，告诉我虽然乱七八糟，但他觉得还不坏，如果换在从前，像他这样的，还真的没路可走，但现在不一样了，饿不死他了，他想赖在哪儿都行。他再次指了指窗外告诉我，人家也在过日子呀，也在忍也在梦想啊，你刚才遇到的那个女孩，估计是那个"大饼"吧，我听他们这么叫她的，补鞋妹，温州来的，晚上就干这个。他笑起来，那鸡你不看脸的话，还算性感，这巷子里的不少人都和她睡过。他说，谁同情谁啊，没准她比你还有钱，过几十年她就成了你的老板。他起来拍了拍我的肩膀，说请我去外面大排档吃饭。他视线飘到了我的头顶上方，"切"地笑了一声说，工人说他们要上班，农民说他们要种田，就好像我们是想多了的多余的人，也可能真是想多了，管好自己吧，天塌下来，照理有比我们高的人顶着呢，走吃饭。

这一晚，我原本以为他会问我友琳的情况，他没提。我离开那儿的时候，忍不住说，我以为你会问起友琳。

他伸手按在我的肩膀上，他对我摇了摇脑袋，说，我跑来跑去，停不下来，来不及想很多以前的事，也来不及难过。

然后，他用洞悉我心思的眼神，盯着我看了一会儿，这眼神让我不舒服。果然他说，怎么，你对她还有心思？放不下？是哥不好。好，哥帮你。

　　他说，有空的时候，你带她来，看看这儿，她就什么伤心都没有了，跑都来不及了，真的，我是说真的。

　　那一段时间，其实友琳、我和许多同学一样，已开始为求职奔忙了，因为我们快毕业了。那年冬季，求职之路变得有些难走。我们拿着求职简历跑遍了G城的大街。

　　因为想着半年后就将毕业，也因为想着日益迫近的别离，我的焦虑感在劝我别再迟疑了，问问友琳可不可以重新开始吧。如果可以，那么就得为日后在一起努力。有一天在实验楼，我把一碗方便面递给在外面找了一天单位，两手空空回来的她时，就问出了口。

　　她同情地看着我，摇头又点头，她说，怎么说呢？不好意思，怎么说呢？

　　我说，是因为那个老蒋？

　　她嘟囔，好像是也好像不是。

　　那是什么呢？

　　她说，不清楚，说不清楚，好像很难回到重来的状态，也可能那个人介入过我们中间，我们都不是以前的状态了，而新的状态还没有找到一个点。她突然泪水纵横，她说自己知道我对她好，不好意思。

我告诉她老蒋早回来了。老蒋现在就在这座城市里。他与你想象的未必是一个人。这是他让我告诉你的，也是我想告诉你的。

她抬起头静静地听着。我说，要不我们去看看他，这也是他的主意，当然也是我的建议。

我心想，如果那个情敌其实已经不存在了，那么就让她自己去确认，否则我怎么争得过幻影。

第二天下午，我和友琳坐公交车去了火车站，我们到三店巷的时候，早了点，是傍晚四点半。我以为他还没下班，就不抱希望地敲了敲门，没想到里面有人的动静，我叫了一声"老蒋"。没声音。我又叫了一声。他在里面应了，说，等等。

我们等了好一会儿，他才开了一条门缝，从里面挤出来，反手把门拉上。他眯着眼睛冲着我笑。他横立门前的身体语言，告诉我这一刻他没想让我们进去。

他看见了我身后的友琳，愣了一下，然后笑起来，说，友琳啊，你还好吗？

他双手一拍，好像有多高兴的样子。而他堵在门前的姿态，分明是没想好到底是该邀请我们去别的地方坐坐，还是等会儿把我们迎进屋去。我听到了里面的动静，屋里还有人。

友琳的目光全凝视在老蒋的脸上，她的脸色涨得通红，在这条阴暗的巷子里，她像站错了重逢的场景，她问他，这两年去哪儿了？

老蒋说，谋生呗。

友琳说，我以为你还在海南。

老蒋叹了一口气，说，有些事太磨难，不讲给别人听，是心疼别人知道了难过。

友琳说，真正的朋友，每天都从最难的底线上牵挂对方，没有哪一种难受比牵挂更难受。

老蒋看了我一眼，脸红了，说，不好意思，友琳，是我不好意思，我混得灰头土脸的，没有心情和你们联系。

友琳说，还能混成怎么样？我想的都是你混得如何不堪，哪想过人模狗样啊。

老蒋苦笑道，不堪？那是你们没经历过真正的不堪，谢谢友琳，怎么说呢，我没法看着你这样的单纯，离得远一点，我自己还好过一点，轻松一点。

友琳看着他，脸色开始发白，她摇摇头，像无法明白他在说什么。而他就推开了自己身后的门，说，大饼，你出来吧，我朋友来了。

于是我们看见那个叫"大饼"的女孩从门里出来，她穿着一件红色的茄克，头发略微蓬乱，她瞅了我们一眼，笑了一下，就走开了。

友琳嘴唇哆嗦，说不出话来。老蒋向我苦笑着摇头，说，你等会儿告诉友琳，她是谁啊。然后他突然放声笑起来，好像故意的。他嘟囔着，又怎么了，我的力比多，也需要释放呀，这又怎么了？

一只猫从我们脚边蹿过，消失在三店巷潮湿的墙角。这巷子实在是他妈的贱。

在回来的路上，友琳泣不成声。她嘟囔其实刚才看到他第一眼就明白了，是自己做了一个超笨的梦。她说自己知道他在想什么。她说自己其实很平静，面对他比想象的更平静，要说难过也是在难过这过去的一年里的自己。她伸手抚了抚我的手背，说，还有你。她说人生真的不可思议，彼时彼地为什么会喜爱，为什么会消散，为什么会强烈，为什么会淡漠？这么说吧，彼时彼地，是靠不住的，得不到的才是好的，而其实它并没有那么好……情境也会变的，你会永远对我那么好吗？

心烦意乱中的她说话比平时更加文艺，在很多地方绕着弯，所以我无法清晰了悟她杂乱的思绪。但我知道，当老蒋这个情敌消解之后，她和我又可以开始了。

是的，我们在重新开始。情感的再度趋热，还与我们一起为毕业找工作奔走有关。整个十二月，我们对着电话号码本，跑遍了城市的许多角落。我们从一家家单位被婉拒出来，站在冬天的公交站台上，常常不知接下来该去哪儿。

像多数不知世事深浅的男孩，对于未来，我虽希望跟她在一起，但对于具体工作生活的地点，我没有太多固执意念。但文艺女孩友琳不同，她忧心在这座城市找不到工作单位就会被打回原籍，而她不想回去。她说，她喜欢这里，这里的大城市有她需要的感觉。

那一年求职真的很难。她原本是文艺女孩，在找工作的这些日子里，她的言语与眼泪在日益增多。而她消瘦倔强的身影常让我涌生爱怜和徒劳之感。有天早晨，我费了很大的劲挣扎着起床，想着将去郊外的化工厂继续闯关，一种徒劳的恶心涌上心头。我看见友琳早等在楼下了，她背着个小包，在向我张望。她说，你咋就这么慢吞吞呢。我说，昨天跑累了，实在起不了床。她似乎对我有些埋怨，她说，你是不是觉得我每天这样催你跑东跑西有点烦了？我点头。她眼圈红了，她说，其实，我也不想这么累啊。我说，这么瞎跑真有用吗？她说，不跑肯定是没用的，为什么只有我一个人在发急呢。

我们有些拌嘴，往校门口走。大清早，一只喇叭在空中播报"柏林墙被推倒了"。坐上通往郊区的公交车时，我突然明白了一个道理，我和友琳专业相近，这样结伴进人家单位找工作，谁会要这样的一对。我对友琳说：要不，以后你进去找，我在外面等吧，能解决一个是一个。

从那天起，我在许多单位的门外等她，或者是她在外面等我。我们迎接的是彼此失望的脸色。

但有一天，她却一脸笑意地下来。她说那个人事处长对她印象不错，约她下星期再来。

她是那么高兴，她对我回味那处长说的每一句话。那人对她的简历好像挺感兴趣，对她的字也喜欢，还拍了拍她的肩膀，说，你的字，挺漂亮。我说那人事处长怎么样。她说长得胖胖的，挺和蔼。

我们是那么高兴，这么乱跑，没想到还真跑出了点结果。

可惜我们没高兴得太久。我们第二次去那儿的时候，我看到的却是她一脸慌张地下来，她说，快走快走。

　　我问她怎么了。她出了大门后才说遇到流氓了。她说，那处长让她坐在沙发上，自己一屁股也挨着坐下，谈了一会儿文秘工作、宣传工作、老干部工作等后，就拍着她的裙子说你的裙子真漂亮，一只胖手就提起她的裙角凑到眼前，好像对那裙子上的格子很有兴趣，接着，那只手拎着裙子，居然一点点提起来。她拔腿就跑。

　　这事对我的震动极大，以至于接下来的日子，我等候在那些单位的门外时，都有点胡思乱想。而友琳在受惊吓之后，却突然变得爱打扮起来。不知是受了刺激还是洞悉了玄奥，反正她变得爱打扮了，甚至还涂眼影了，她说宿舍里的那些女孩都这么干，"化妆是对别人的尊重"，她告诉我毛毛为了上门自荐，早上四点半就起床化妆了。她问我好不好看。我说，你不怕招惹色狼啦？她瞅着我笑，说，嘿，难怪毛毛说男生总是反对自己的女朋友化妆。

　　初涉世事的那年秋冬，一直很晴朗，我们在街上奔波，风吹见长，在中国，成长是速成的事。转眼就快到新年了，工作还八字没一撇。1989年12月31日那天，一个已经工作了两年的老乡李小波请我去他宿舍吃火锅，迎接20世纪90年代。那天晚上我们闹到十二点，窗外一片鞭炮声。

小波问我们还回不回学校，"不回校也行，你们住这儿，我到隔壁和别的同事挤一下"，他向我挤了一下眼睛，笑着去了隔壁。

于是，这间脏乱的宿舍陷入安静。留下我和友琳站在这狭小的空间里。大街上的车声从远处传来，友琳扭头看着床，有点不好意思。我抱着她的肩头，心在兴奋地跳着，好像预感那件想了很久的事涌动到鼻子面前。我们倚窗拥吻，怕对楼的人看见就熄了灯。黑夜中20世纪90年代正在来临。我感受着自己汹涌难耐的欲望。我摸着她滚烫的脸，说着"20世纪90年代给我们一个好运吧"，想把她往床上拉。她笑着躲闪。她不干。我说，那你就这么站着吧，站到天亮。黑暗中我听见她笑了一声。她亲了下我的脸，搂着我的脖子坐到床沿上。我们在狭小的床上抱着。我听见时间走动的声息。后来她开始呢喃"抱紧点抱紧点"。她浑身很烫，像发热了一样。她亲着我的脸要我对她好。她说，你可不能把我丢了。我们的双手沉浸在摸索中，是那么鲁莽热切。我们都像被一个意念苦苦折磨，却不敢动弹。空中，20世纪90年代正在来临。肌肤在黑暗中躁动，想试，很想试着推开这20世纪90年代的初夜。但又被什么线索纠结。那个叫命运的东西，此刻一定在角落里注视着它被欲望苦着的孩子们。我听到了窗外的车声和我们交织的心跳。那个时代的男生女生往往徘徊，被意念纠结，在20世纪90年代到来的夜晚，苦着自己，也被自己感动，让欲望停留在20世纪80年代吧。我睡在床沿上。我们笨拙而困难地抱着，等待着黎明的来临。

第二天早晨，我们脸色疲惫地走进校园。在女生楼的回廊边，站着一个背人造革挎包的女人。那是友琳的妈妈。

你们去了哪儿？她一脸焦虑，说自己刚从老家过来，坐了一夜的火车。她说，你们去了哪儿，这么一大早的？

我惊慌失措，双手抱肩，生怕她嗅出我们通宵未归的味道。

我们去找工作了。友琳说。她妈微皱着眉对我笑了一下。哪有这么大清早找工作的？她笑得犀利。接着她用方言跟女儿飞快地说着什么。她察觉到我在一旁直愣愣地看着她们，就对我没头没脑地说，在学校里还是以学业为重吧。

我以为她是在责问我们通宵未归。我脸孔发热，赶紧借口有事告辞了。

那天中午，我买了一把香蕉去女生楼看友琳和她妈。友琳从楼上下来说她妈已经回去了。我说，这么匆匆忙忙干吗？她说她妈总是这样，有时候坐一夜火车赶过来，就为了叮嘱几句她认为很重要的话。

我看着手里的香蕉，问她，你妈没追问我们昨晚去了哪儿？友琳脸上有点别扭，说她妈做了一辈子中学老师，说话冲，但心好。友琳说，别觉得她在泼冷水，她是怕我们现在太投入了，以后毕业分开了会难过，她不希望我难过。

友琳脸上就有想哭的意思，她说，我想着她现在一个人正坐在回去的火车上，在为我操心，我真的很难过。

友琳给我看一张字条，上面写着一个人的名字"韦倩玉"和一个地址。友琳说这是她妈中学时代的一个老同学。她妈打听到这老同学在G城，那人的老公在设计局，所以她妈让她这些天联络一下，没准那人有什么关系，可以帮助找工作。

友琳说她妈让她今年春节别回家了，留在这里找工作，"妈让我一定要留在省城，千万别像她当年那样"。

我想着她妈那张焦虑的脸，就说，你妈好像不太看得上我，她可能嫌我帮不了你什么忙吧。

友琳携起我的胳膊，说："要怎么帮忙呢？我对我妈说了，女儿一个人在外求职，有这么个男孩陪着跑了这么多地方，已经是很大的帮助了。"

我陪友琳去绿杨小区找那个韦阿姨。我们找到了那个单元。我在楼下等。她上去了。我坐在花坛边等了很久，直到暮色降临。我望着那家的窗子，心想，她可能在他们家吃饭了吧。

后面，友琳终于出现在单元的门口，把她送下来的是一个微胖的中年妇女和一个拿着头盔的青年人。我听见那韦阿姨非要让那青年把友琳送回校，友琳推了半天，后来她还是坐上了那辆惹眼的"雅马哈"，摩托车突突响着，飞速地从花坛边掠过。我看见友琳飞快地向我挥了一下手，示意她先走了。

等我回到学校，看见友琳在校门边的路灯下等我。她说，那个韦阿姨太热情了，但我看要让她帮上我们还有点难。

她说韦阿姨的儿子是高岗街的服装个体户，哪天我们去他那儿买衣服吧。

我们还没去高岗街，那青年就把衣服给友琳送来了。友琳一件件展示给我看，她兴奋地比试着。那时已快放寒假了。

友琳一下子成了女生楼里衣着最时髦的女孩。那些超级新款的衣服给她带来的快乐，冲淡了求职碰壁的沮丧。

因为我哥春节结婚，我得回家过年。临走前，我去女生楼找友琳吃午饭，在女生楼下我看见那个摩托青年又来了，他倚着那辆"雅马哈"，站在那儿吹着口哨。

友琳从楼上下来，她看着我们。那摩托青年把一个保温瓶递过去，说这是他妈煲的汤，让她尝尝。友琳告诉我他叫伟亮。摩托青年一扬眉，对我笑笑说，哪天去我店里逛逛。

他摆弄着"雅马哈"的把手，告诉友琳，他妈约她去他家过年。

这摩托青年的阳光神色让我有吃醋的感觉。

后来我坐在回老家的火车上还在想他。车厢里，人山人海，空气浑浊。那时打工潮在中国的南方正如火如荼。我和一群回家过年的大学生挤在打工仔的人潮中。那些漂泊的面孔让人有一个念头：说不准到哪天，我们也无所谓户口了。

1990年的列车广播里在播放一支刚刚走红的歌，"那只是一场游戏一场梦"，王杰苍劲的嗓音穿透了烟雾缭绕的车厢。

春节后回校，友琳给我看一件火红的毛衣。

给你的。她说。

我比试了一下，说，男的能穿吗？

她说，伟亮说这就是给男孩穿的，很洋气的，现在香港男孩流行穿大红。

我说，多少钱？

她说，这是伟亮送的。

送给我的？

她点点头。我看着她的眼睛，她知道我不相信。于是她笑了一下，说，其实是我骗他说我想送给我弟的。

我突然就有些赌气，我发现我那丝隐约的醋意和猜疑其实贯穿了一个春节，我说我不要。我说他在追你吧。

她说，这是不可能的，怎么可能呢！

我说，怎么不可能？！他和他那个妈一定看上你了。

她脸一下子红了，说，你怎么瞎说。

我说，怎么瞎说了？没准她和她那个体户儿子做梦都想娶个大学生。

我把那件毛衣掷回给她。我的话刺伤了她。她说我怎么说得这么难听。她说整整一个寒假都在想象我穿这件红毛衣的样子。她抱着那毛衣生气地转身走了。我看着她难过的背影，又后悔又痛快。想不到回校的第一天，我们就彼此生气。更想不到的是，这还只是那个春天我们斗气的开端。

那个体户真成了我的对手。

现在我常看见他倚着摩托车，站在女生楼下吹着口哨。他对友琳嘘寒问暖，小恩小惠。他看到我总是点头笑着。他的模样很惹眼，那锃亮的"雅马哈"和帅气头盔让他十分有型。

现在，友琳已不再否认我的嘲讽。她对我抱怨，那人真烦，怎么可能呢。她攮着我的胳膊，轻抚着我的臂膀，像在安慰。她说，当然他也没把话挑明，我只能反复暗示他不可能，我告诉他你是我的男友，可是他真是太黏人了，我不知该对他再说啥了，她妈和我妈是同学啊。

那摩托青年骚包笃定的样子让我愤然。有一天我终于忍耐不住了，对他挑明说，伟亮，你别来了，友琳不喜欢你，她很烦你了，你离她远一点好不好？

他却亲热地搂住我的肩，对我耳语，小弟，我们也是朋友，我其实挺喜欢你的，我们都挺喜欢她的对不对，我们给她一个选择的机会吧。

他沉得住气的社会青年模样，让我无法发作。我想，不就是个体户有几个钱吗，不就是G城人有户口吗？

我咬着牙对自己说，妈的，我一定要在G城找到工作。我找工作的动力驱使我甚至跑遍了郊县。

那年春天南方雨季漫长，雨丝在空中飘飞，衣服在身上越来越潮。有一天系里公布了留G城的名额。这让友琳无比受挫。她说，毛毛居然拿到了名额，凭什么啊？

潮湿的天气，友琳的头发总是微微卷曲，就像她委屈的情绪。我为她深感不平。友琳成绩全年级排名第二，而那个毛毛除了花枝招展，算老几？

友琳鼓足勇气去找辅导员老黑理论。老黑说，衡量一个人，不只看成绩，毛毛热心为班级做事……

友琳不是口齿伶俐的人，她脸色苍白地回来。那天活该我倒霉，我去女生楼原本想安慰她一下，但看见了那摩托青年正在雨丝中一骑远去的背影，我问友琳的第一句话竟是："他来干吗？"她把对老黑的愤怒、对毛毛的怨恨，以及对我嫉妒的不满，全撒到了我身上。她说，他说他能养我的。

她对我讥讽的模样，让我陌生想吐。我说，那你就让他养好了。我摔门而去。

伟亮的"户口"和"万元户"让我深感压迫，我第一次掂到身份的重量。其实我也知道友琳的无辜。自卑让我深陷敏感。工作还没着落，那一阵子我和友琳总是拌嘴、赌气。我讨厌她穿着伟亮送的漂亮衣裳，我讨厌她对我的哭泣。我发现她也越来越想惹我生气。在我的责怪中，她言不达意，嘤嘤嗡嗡地哭泣。似乎只有这样，彼此才能在不知所措中好过一点。也可能谁都意识到了待在一起渺茫的未来，和已变得越来越不轻松的现在。一代代校园小两口，都了解这种宿命迫近时的焦躁。

我厌烦了她的哭泣，也恶心了自己找碴儿吵架的冲动。那一年我太傻太傻。我无法遏制自己。那时我做梦都在想着户口问题，甚至有一天我还梦到了她妈严峻的面孔。

每次和她争吵、冷战之后，我总是加紧了找工作的步伐。我跑遍了珠江三角洲的许多县级市，我想让自己留下来。

于是我去了珠海，想再碰碰运气。三天后我空手而归。在校门口我看见一辆摩托车飞驰而来，我瞥见友琳坐在后座搂着伟亮的腰从我身边掠过，在黄昏中远去。

她肯定没看见我。站在人来人往的校门口，我发现自己居然怒气全消。我以为冥冥中迫近的结局这一刻终于来了。

在我想着她会不会来找我求和的日子里，其实我知道她也在等着我去找她。但我没去。除了自傲或者自卑，还因为我不知该如何给她一个有前景的安慰。言语在1990年是那么无力。有时候我甚至怀疑，我们需要的不是安慰而是货真价实的争吵，因为它能让我们对彼此失望，从而让自己更轻松一些。

我发现我已准备认怂了。而我的老乡毛豆、小波不干，他们猛拍我的肩膀，说，妈的，去，我们去把那摩托小子狂扁一顿吧。

我说算了算了。我钻进被窝，想蒙头大睡。那些天我不知道友琳的心里在经历怎样的波动。"人无着落的时候总得先救自己吧"，我理解她，也理解自己。我想我是输给了户口、输给了个体户、输给了指标，输给了好生活。

我在心里对友琳说了"再见"。

我对找工作也立马失去了兴趣。

现在我沉浸在图书馆写我的毕业论文，因为我不想听外面的事，不想听谁谁找到工作了，谁谁谁托到关系了。

但是，那些消息，还是顽强地钻进了我的耳朵。我听说毛毛原来是和副校长的亲戚火线搞上了。而室友阿牛说，错。他说他看见毛毛晚上在凉亭那边和一个中年人搂搂抱抱，"你猜谁？不说了。你会说出去的。"

其实，那一阵子飞短流长纷纷扬扬，比如有传说在校门边的林荫道上、舞厅里，有些焦灼的女孩在钓觊觎她们的人："你能帮我吗？"

有一天，我在北区门口看到友琳和伟亮抱着一把花，从外面回来。

友琳看见我装作没看见的样子让我难受。分手后的这几个月来，她在飞快地陌生起来。她一定知道我在回头打量他们，所以她步态有点不协调，有点笨拙。冲着她这样子，我滋味百般。我劝自己，她是对的，和伟亮好，能在这座城市里留下来，留下来，一个女诗人首先需要留下来，回到小镇去就啥也没有了。

那年毕业的时候，友琳留在了G城，据说由伟亮一家使力，去了一个区的区政府。

我不知道友琳高不高兴，我只知道我没太多不高兴，再说也没谁在意我是否高兴。

那一阵子，我们男生沉浸在"意大利90"中，通宵达旦地看世界杯足球比赛，由此暂时忘了即将来临的分手。我不想回老家。我被分到珠三角一个县级市的政府办公室。

我有些懒洋洋，不知为什么提不起整理行囊的兴趣。在临走前的那几天，除了看球赛，我突然爱上了去图书馆。在离校前的最后一天，我甚至在图书馆泡了一整天，我发现原来这里是这么安宁惬意啊，可惜四年了，到快滚蛋的时候才恍悟这一点。那天晚上，我从图书馆出来，我背着我的帆布书包走在校道上，在路过图书馆后面的那棵大香樟树的时候，我突然决定爬上去。我把书包挂在了高高的树杈上。我从树上跳下来的时候，有个路过的男孩吓了一跳，我拍拍手里的树皮碎屑，对他说，明天毕业了，就留个纪念吧。

　　我回到宿舍，看见友琳正在帮我收拾东西。宿舍里空空荡荡，不少同学已提前走了。看见她，我愣了。她说，你还不收拾啊，明天是最后的离校日啊。

　　我笑了笑，说，反正也没东西，反正有些东西也不要了。

　　她在理我的书。我说，那些书我也不想带去了，你要你拿去吧。

　　我不知她来想和我说什么。好在她没说什么。她帮我把那只要托运的皮箱用床单包好，然后用针把床单缝起来。

　　坐在灯下，她安静的样子让我觉得眼熟。我转身出去，说去隔壁宿舍要一段绳子。

　　我拿着绳子回来的时候，看见她的眼泪正落在箱子上。

　　我装没看见，我在宿舍里忙得团团转。她后来咬断了线头。她说她得先回去了。走到门口，她指着我穿的"意大利90"的彩色沙滩裤说，你总不能穿着这个去单位报到吧。

　　她就走了。我的小布尔乔亚诗人，越来越像一个懂事的女人。我抹起了眼泪。

三个月后，我听说她和伟亮结了婚。那时我正站在珠三角一个乡镇的街边电话亭，听老同学老牛在线的那头说这事。

　　我对着电话筒有些支吾。我对着G城的方向，想着第一次在同乡会上见到她时的模样。

　　我看见许多人围在她的身边。一些名词像蜜蜂一样旋转在她的上空。那些名词变幻着，似阵阵浪潮，闪烁着光芒，它们对她构成了场景和引力，诗歌、流浪、自由、海南、商海、时局……一波波起潮，她向它们展现自己的欢颜和犹豫，它们与我争夺她的视线，她的定义和她的坐标，我常常感到自己措手不及时的虚弱，就像我们追逐这时代的每一波潮涌，几个名词，就将青春打发过去。它们是我最深切的情敌。

/ Chapter /

2

隔
壁

1990年秋，我大学毕业，被分到了珠三角D镇。在D镇，我最初的工作是宣传计划生育，所以那年秋天我常在田埂上飞跑，追逐村里的一些男女。

　　我对着他们喊，生男生女一个样。

　　每天黄昏，我一身汗水回到镇上的招待所。我趴在床上，有一搭没一搭地看电视剧《渴望》。那一年温婉女性刘慧芳，成了全中国男人的渴望。每当电视上哭啼没完的时候，我就下楼去小街上晃悠。有一条小狗跟着我。我不知它从哪里来。有一个小姑娘坐在街边擦皮鞋。有一天我坐在她对面的时候，她告诉我她来自温州，17岁，1987年就出来做了，准备明年回老家，因为她们姐妹仨在外面做了这几年攒了点钱，家里想开个开关作坊，以后就不用出来了。

我逗她，说不定等你家厂办好了，哪天我去打工。那小姑娘咪咪地笑着说，哪会呢，我家怎么可能发财啊。

在异乡昏黄的路灯下，我从街的这头走到那头，1990年秋天，D镇的夜晚还能看到满天星光。远处田野里有打桩的声音传来，在南方的夜晚，一幢幢厂房在争相破土，用不了多久，香港的老板和北方的打工妹都将接踵而至，这是三角洲众多乡镇奔往的旅程。

有些晚上，我会去招待所隔壁的娱乐厅，打台球或看录像。录像放到半夜，老板老浦把门一关，接着放"咸片"，那些从香港、日本过来的毛片，在潮气冲天的狭小空间里掀起的风暴，把人彻底震了，我身陷在破旧的沙发里，喉咙发干，黑暗中我清晰地听到了一屋子人心跳的声音，"喷喷喷"，这一辈子我就是在那些个夜晚，这么清楚地听到了集体心跳的声音。那么多人在黑暗中"怦怦"地心跳，很壮观，也很荒诞。

有天我出了录像厅，那个老浦追出来，一迭声地说，对不起，真的对不起，我错了。

我奇怪地回头，看着他站在路灯下尴尬地认错。我突然就明白了，他以为我是镇里派来卧底的。

这让我尴尬。所以，接下来的晚上，我只好在那儿玩台球。

有一天，我在那儿看到一个女人在独自练球。她穿着黑色的衣裙，高挑，好看，有一点冷冷的风骚。当她拿着球杆俯下身去瞄球的时候，黑色的长发就落在桌上。啪——她把球击打出去，声势利落。那天，我在经过她的那张台子的时候，鬼使神差地说了一句：自己和自己玩，到底偏向谁啊？

她看都没看我。但我听到了她的声音，"我谁也不偏向"。她醇厚而略沙哑的普通话证实了我的猜测，她不是这镇上的人。

后来连着几天，我都在那里看到她一个人在玩。接下来，我吃惊地发现她也住进了那家招待所，在我的隔壁包下了一间房。

我在楼下服务台打电话的时候，顺便问服务员赵姨，那女人哪儿来的？

赵姨说，厂长，是旅游鞋厂的厂长。

我说，难怪像个女强人。

赵姨撇嘴说，又不是她的厂，是台湾佬开的。她原先住厂里的，这几天搬到这儿来了。

接下来，我常在走廊上看到她。有时即使走廊上没她的人影，我也知道她就在屋里，因为有香水路过的痕迹。

她爱穿黑色、红色的衣裙。每当她在前面走的时候，我注意到她的好身材总是扭啊扭的。有一天，我看见她偷偷地在走廊那头的露台上抽烟。她抽烟的样子，像老电影里的女特务。

　　我与她迎面而遇时，总是朝她点头，但多半时间，她视我若空气。

　　她的到来，让招待所枯燥的生活里飘进了点不同的气息，我说不清那是什么味道。但很快，我发现她和我在抢楼下服务台的电话机。

　　那几个月，我分配在祖国各地的同学们都正在度过各自的适应期，所以他们总是打电话过来聊天。有一天傍晚，我下楼到服务台等一个老同学的电话，我看见她正抱着电话机在没完没了地说话。我等了好久，也没见她要挂了的意思。那天她起码打了40分钟，她对电话那头的女友说的好像尽是感情方面的事。我吃惊地看着，发觉她的眉目有林青霞的影子。她终于把电话挂断时，还顺便白了我一眼，她的眼圈夸张地红着。我那天本来就等得挺烦，所以就对她说，许多事是电话里说不清的，人家也在等着打电话呢。她说，你偷听！有什么好偷听的！

　　她牛B的样子，让我想惹她生气。我说，女人的破事有什么好听的。

我现在已经记不太清那天争执的具体细节了，我只记得我指着她说："你这个人一定很自恋。"

她像被点中了穴位。她收住了往楼梯上去的脚步。

她回过头来，嘴边掠过一丝讥笑，她说，有没有搞错啊，小男孩，我自恋吗？我还以为我自残呢。

我说，你讲了40分钟的话，用得最多的字是"我、我、我、我"，可见你就是自恋……

她居高临下地瞟了我一眼，"扑哧"笑了一声。她甩了甩披肩的长发，仪态万方地上了楼。

厂长应虹和我就是这样认识的。

后来应虹对我说，其实那天晚上她没睡好，因为那是她第一次听到"自恋"这个词在口语中使用，而且她实在不明白，自己走到这一步心里难受是因为不会疼自己，还是太疼自己了？

事实上那一夜我也没睡着。我和她吵了几句后，感觉灭了点她的神气活现，就有些兴奋。

电视里海湾战争正在开打。空气中有辣椒炒肉的味道。我不停地打喷嚏。我知道隔壁那个女人又在用电炉煮东西了。喷嚏中，我看着电视里巴格达上空那烟花般划过的战斧式巡航导弹，我想着隔壁的那个女人在热辣油烟里忙碌的模样。

辣气四溢。我猜她是四川人。其实，自从上次我骂她"自恋"以后，我们已算相识了。有时见她衣装漂亮透迤而来，我会用广东话叫一声"哇，几靓啊"。她仰起脸，给一个赞许的笑意和看透了人的眼锋。更多的时候她对我爱理不理。当然，有时晚上她会过来我这边讨开水，因为她懒得下楼打水。

她和我隔墙而居，但我知道她在隔壁的动静，这木板墙的隔拦效果不是太好，所以，不是锅里的气息穿墙而过，就是声音飘过来。有时她在哼歌，有时她在叹气，有时她在放歌带——"让生命去等候，等候下一个漂流……" "既然曾经爱过，又何必真正拥有……"

有一天，我甚至听见她在隔壁自己对自己说话，她大声说："听着，人需要能沐浴阳光的感情。"我不知道她是在朗诵，还是在和想象中的谁辩论。我想，妈的，难道她也是个诗人？

结果，第二天我在楼下看见她拎着只"大哥大"。原来她买"大哥大"了，难怪啊，我还以为她这阵子喜欢上自言自语了。

我挺高兴，这下她再也不会和我抢服务台的电话机了。

于是我冲着她说，哟，应厂长，大哥大嘛。

她笑着把它递给我看。我问多少钱。她说，2万。哇噢，我叫出了声。她居然脸红了，说，工作需要嘛。

我把这砖头一样的东西转过来翻过去地看了一会儿，说，牛，大哥大，以后咱就管你叫大姐大吧。

她给了我一个媚眼，说，哟，什么大姐大，你得叫我应姐。

我说，我还以为所有的女人都喜欢别人称她妹呢。

为什么？

这样才感觉被哄着呀。

她斜睨着我说，去，小毛孩，我可没那么好哄。

然后她推门出了招待所。小镇街头的风吹起她火红风衣的下摆，从这里望过去，风姿绰约。她突然回头，伸手向玻璃门内的我做了个手枪点击的动作。她知道自己好看。

应虹说她比我大。但她不告诉我她比我大几岁。她也没告诉我她是哪儿人。她说，去猜吧，没错，辣椒烟呛着你啦。但她不肯说她到底来自四川、湖南、贵州，还是江西。她更没告诉我她原来干啥，从哪个学校毕业。

所以我就更不知道她结过婚吗？有男友吗？有人靠吗？

有一天，我在房间里看海湾战争的电视新闻。她突然进来，对我说，你不能轻声点吗？

我回头说，不好意思，吵到你了。我兴奋地指着那些如流星而过的导弹，对她说，快看，打仗的镜头多好玩啊，要知道，这可不是电影。

她一撇嘴，说，管那些闲事干吗。

我没理她。而她却奇怪地看着我叹了一口气，说，我就奇怪了，你待在这儿干吗？你待在这个小破镇干吗？

我说，你不也待在这儿吗？像你这样的美女应该去大城市，大城市。

她笑。她说，是我在问你呢。

我告诉她，我嘛，就先在这地方待一阵吧，因为待在哪儿可能都一样，我原以为我能改变，但这是不可能的，打个响指，做个新人，换个活法，这是不可能的，所以我就在这儿先待一阵吧。

她拼命笑啊。我想有什么好笑的。

她说："我还真改变了，我折腾了，我的档案如今都不知搞到哪儿去了。"

她看出了我的好奇，立马住嘴。她让我别问那么多，她可不想管别人的事，她只想管自己的事，"你没受过苦，管自己吧"，她居高临下对我说，竟然伸手"啪嗒"关了我的电视机。她说，管自己吧，人家的事甭管，管了也没用，所以我不管了。

她关了我的电视，说她要睡觉了，那么远在天边的事别管了。她扭着出去了。

她玄乎着呢。服务台的赵姨说我们得装傻。赵姨认为我太纯啦，她说，看不懂了吧，别说是你啦，连我这女的也越来越看不懂现在的有些女人了。

有一天傍晚，一辆小汽车停在了招待所的院子里，我看见应虹和一个健壮、平头的矮个中年男人从车里出来，走上楼来。

我听到他们在隔壁说话，一会儿低语一会儿叫嚷。后来他们好像开始亲密了，因为她在说"轻点轻点隔壁有人哪"，但我还是听到了接吻的声音。我把耳朵贴在木板墙上。那边的男人突然叫了一声，"你咬痛我了"……听着听着，我就不太明白他们是在温存还是在打架还是在理论，噼里啪啦的，应虹好像把什么东西砸在地上了，我还听到了隐约的抽噎。我还以为像她这样的女人是永远不会哭的。在我分神的这会儿，隔壁的声音渐渐平静下去。我不知他们在嘀咕什么。我站了许久，夜色已挂在窗上。他们终于又开始亲嘴了。那男的"嗯嗯嗯"地，像在哄她。我听到她似笑似喘的呜咽。我终于听到了他们的喘息。我狠狠地想着她走在路上那扭着的风骚屁股，我想着他们此刻正在床上的扭动。那男人突然又叫了一声，他说，你咬我。我恨你。我听到她压抑着的嗓音。后来他们又安静了下去。留下我在漆黑的这一边，被欲念席卷，随后，带着满脑子的混乱兴奋睡去。

第二天早晨，我匆匆洗完衣裤，去露台晾晒。那湿淋淋的内衣裤晾在晨光里，像一个可笑的秘密。我迅速转身，准备赶去上班。没想到看见她正站在露台的那一头偷偷抽烟。我有些慌乱，但她若无其事地向我点了下头，她说，很勤快嘛。

她仰脸一笑，那惯有的锐利眼风像鞭子抽了我一下，仿佛洞悉了我昨晚偷听的全部可耻。这让我莫名犯倔，想刺她一下，于是我说，那是你的男朋友？她脸红了。我压低嗓门说，你怎么找了这么一个男朋友。

她像被针刺了一下，像要跳起来。她说，你管得着吗？

我没理她，我快速地走开。我已经够了。我觉得我狠刺了她。她乱了神的样子让我既兴奋又心软。我现在知道了她的软肋。

我遏制不住地想着那些声音，心里有莫名的情绪和欲望。那天下午，我在"镇工商办"找到了那家旅游鞋厂的登记材料，材料上老板的照片，果然就是那个男人，56岁，姓苏，台籍，已婚。

我想，我果然刺中了她。

那个老苏，那些天的夜晚都会出现在她的房间。于是我隔壁总是翻江倒海。我听见她在闹，在哭，在喘气，在理论。我想象着那丰腴的身体因为她的伤心陷在低调中，在好事之后，快乐之后，每一寸身体也许都是谈判的战场。我不知他们怎么了。我想她活该。我知道她不开心，这样的故事三角洲遍地都是。我想他们活该。我听见他压着嗓子说，别闹，你总是闹，我到这儿来不是为了心烦。她说，这儿是你的厕所间。他说，你到底想要我怎么样。

我听到了他人的秘密和悲哀。我坐在床上发愣。我想象着一墙之隔的他们。黑暗中，她在说"你给我买辆车"，她说"你带我走吧"。那男人像在她身上奋力冲击，像报复她的固执和不好对待，但嘴里支支吾吾。她好像总爱咬他，咬得他忍不住叫喊。有一天，我听见他好像在给她钱。因为她说，这是我的工钱，还是他妈的陪你睡的钱，你真他妈的精明。他说，你要盘算得这么清楚，只有自寻烦恼去吧。后来就是打成一片的声音。她呻吟的时候我恨她想她。她哭泣的时候又让我难受。那些夜晚让我晕眩。

第二天，我在楼梯上遇到她，我看到了她眼角的乌青。她意识到了我的视线，她说，不小心在厂里跌了一跤。

我突然觉得她很可怜。我指着她的新裙子想逗她开心，

"几靓啊"。她说，你怎么只会说这个词？你以后哄女朋友这样可不行。

她扭啊扭啊地在前面走，那么难受了还风情成这样。我想，妈的，她天生可能就喜欢当个玩物。

服务台的赵姨悄悄问我，那个男的是不是通宵未归？

我想这她最知道。

赵姨自言自语，我该不该去查结婚证呢？

我想这她最知道。那时所有的招待所、宾馆都有这规矩。

赵姨嘀咕，我该怎么对她讲呢？我是要面子的，所以不知道该怎么去查她。

我说，那你就装作不知道吧，省得多事。

有一天，我听到应姐在隔壁大叫，然后来敲我的门。她说，我的房间里有老鼠。

你怕老鼠？

我最怕老鼠，多恶心啊。

于是，我跟着她走进了她的房间。

你的男朋友呢？

他回台湾去了。

他是你的男朋友吗？

她没理我。我弯下腰，把扫帚往床下捅。我拖出了一双男拖鞋。后来那只老鼠尖叫着窜了出来，她吓得花容失色，我把它赶出了门外，然后慌忙把门合上，回头对惊魂未定的她说，注意关门，别再让它进来了。

她拉住我的衣服让我别走，她指着床下说，你再帮我看看，还有没有？

我说，我还以为你胆子很大呢。她说，我最怕的就是老鼠。我看了一眼那地上的男拖鞋，心里突然变得不依不饶了，我问："他是你的老公吗？"

她挑衅地回了我一眼，说，你傻不傻啊，你问这么多干吗，我告诉你吧，是的。

我说，不是。

她说，那你说是啥！你整天盯着我，你傻不傻啊，我烦死了，你傻不傻啊，你总是在注意我，你不无聊吗。她突然拍着门，对我大吼大叫起来。她说，那你说是啥！你说啊你说啊。我说，他不是你的老板吗？

这让她脸涨得通红，她又大力地拍了门一下，她说，对，我老板，付钱给我的老板，你不就想知道这吧，真恶心。她突然被呛了一下，连续地咳起来，她伏在门背上，她说，你们这些人为什么整天盯着我……她泪如雨下，把我吓坏了。我想夺门而逃，但她趴在门上。我说，对不起，真的对不起。她扭头，泪水在她脸上纵横，她说，你怎么这么坏，你为什么这么恨我？

瞧着她变成了这模样，我一迭声地说"对不起"。她说，你走吧，你太坏了。我落荒而逃。

连着几天我都害怕在走廊上遇到她。我留意着隔壁的动静，听不出太多异样。我的电视机依然喧嚣，海湾那边弹如流星，空袭还在进行。

好在日子一天天过去，我和隔壁的应虹又回到了常态，晚上她照样过来讨开水，像什么也没发生过。是啊，本来就是各不相干的人，惹别人难过干吗？于是在心里我觉得欠了她。转眼就到了春节。我嫌回家转车麻烦，也怕家人对我没眉目的生活问长问短，所以没有回家。

我在空空荡荡的招待所里进出。我闻到了走廊上红烧肉的香味。我打了一个喷嚏。我看见她把门打开探出头来看了一下。我说，好香。她笑道，待会儿一块吃吧。我说，你怎么没回家？她说，厂里也不能没有人啊。

我走进了她的房间。我说，你烧了点啥？她把电炉上的锅盖掀开，用筷子夹了块肉，说不知煮烂了没有。她把它举到我的嘴边，你尝尝。我烫得龇牙咧嘴，说，好辣。她笑。我说，我房间里还有一瓶酒和发的一些年货，我去拿来吧。

那天我们忙了一个下午。做饭，包饺子，做着做着就有些过年的感觉了。她说，好啦，好啦，吃吧。我们面对面坐着。我说，好吃，但好辣。她说，你喝点酒。我说我不太会，你行吗？她拿起杯子喝了一大口。你酒量真好。还行吧。接着我们不知该聊些啥了。她瞅着我说，酒也不会喝，大男孩，你得叫我应姐。我说，一个下午我已经叫了多少声了，你没听见吗，罚酒。她捂了下脸说，好热，我喝酒上脸的。我瞧着她潮红的脸色，夸她"几靓"啊。她说，你夸女孩子怎么只会用这个词，你知道吗，广东话里的"几靓"只是说她长得还可以，并不是非常高的评价。

我立马改正。其实自从她上回嘲笑过我之后，我已收罗了一堆，于是我对她大声说："好靓""好正""好索"……够用了吧。

她放声大笑。她捂着自己酒红的脸问我，那你觉得我靓吾（不）靓？

我说，鬼（咁）靓，靓爆镜，好灿眼……

她笑伏在桌上，直说我嘴好甜，直说这个年三十好好笑。后来她犀利地盯了我一眼，说，你整天盯着我，我不知道是因为我靓呢还是你恨我。

　　我觉得脸上很热，慌乱地转移话题。我说，天哪，我咬了个辣椒，辣死了。她咯咯笑着起身去倒水。她说，辣死你，我算是报了仇，谁叫你经常愣头愣脑、口无遮拦的，你若是这样子，恐怕将来是找不到女朋友的。

　　她这话刺了我一下，我笑道，我不找女朋友了，反正找到最后都是心烦。她说，切，那是因为她们比你强吧。

　　那天我喝多了，有点头晕，但是我不想回自己的房间，所以迟迟没起身，她没有赶我的意思，也可能是怕除夕的寂寞。我把脸贴在桌面上，她后来也把脸贴在了桌面上，我们的眼角边，好像都有一双相似的眼睛在看着对方。她说，咱再聊点什么。我说，就聊聊我们现在的苦吧。

　　她叫起来，切，你觉得我很苦吗？我说，苦不苦的你知道。她说，切，难道你不苦吗，我有钱，最近还有了辆小轿车，以后在深圳还会有房子，你有吗，我怎么苦了。你有吗？

　　我说，我没有。

　　她说，姐有，你说我怎么就苦了？

她用挑衅的眼见瞅着我。她说，我知道别人怎么看我。接着她笑起来，说，其实像你这样在单位上一辈子的班，最后也就一个房子一个煤气罐，最多10年后还有辆车，这些我现在就有了，这些也是我自己努力的，我也付出了，你说我怎么就苦了，你怎么就不苦了？

我说，那你也得考虑以后啊？

以后，以后又怎么样？她挪过来，凑近我的耳畔，你可能还不知道吧，我是把现在当作这辈子最苦的阶段，这样的苦都吃得了，以后还有什么苦吃不了的。

我知道她的意思，她是说把"现在"当作过程，那什么都想得通了。

她好像很得意，因为她有自己的一套。当一个人有自己的一套并且还甜甜地笑着的时候，甚至会让别人开始羡慕她。有那么一刻，我就差点被她说趴下。我知道说不服她，因为我跟不上她。这让我恨她。真他妈的堕落。她伸手过来，拧了一把我的脸，吓了我一跳。她说，他还要给我在深圳买间房。她酒红的脸笑啊笑啊。

她是那么得意，看得出她是多么厚颜无耻，虽然我知道她至少有一半的轻飘是在骗我，因为我偷听了她和老苏的夜晚。所以10分钟以后，当她脸上掉泪的时候，我一点都不吃惊——那是"大哥大"铃声响了，她起身去接听，她对着那"砖头"说，嗬，新年好啊。想我了？真的想我了？那你为啥不陪我过年。你躲在卫生间里吧？快出去吧，你老婆要疑神疑鬼了。我怎么就闹了，我没闹啊，我一个人过除夕呀。你真的想我吗？你真的想我吗？别假惺惺了。你真的想我了？……我抬头，瞥见她脸上有泪水正滑下来。我装作没看见。后来她把"大哥大"撇掉，她坐下来重新把脸贴在冰凉的桌面上。她对我笑啊笑的。我也对她笑。"真烦人"，她还是对我说了出来，"他们在深圳。"

她说，他那老婆从台湾过来过年了，多半是想探他的底吧。

我闭上眼睛。今晚我酒真喝多了，头很晕。她眨着眼睛盯着墙上童安格的图片，她说，我看不懂他，我都这么聪明了，还是看不懂他。我睁开眼，醉眼蒙眬中看着她的眼泪在流下来，落在桌上。我原本不想说话，但我控制不住嘴巴，我说，不是你看不懂他，而是你想装作看不懂他吧。她说，什么意思？你真的很坏。我就很得意。我取笑她刚才还说想得开呢。我说，如果真想得开，哪还会难过，指不定舒服成什么样了。

她嘴角有种奇怪的苦涩，她说谁叫今天是年三十。她说她忍着不想"将来"，不去盘算，但还是会难过，也可能多少世代以后的女孩真能放下，但过年的时候估计她们也还得想。

桌上残羹剩肴。走廊上鸦雀无声。我们像被遗弃的孩子围困于苦恼。愈堕落愈快乐，只是这活儿要办彻底也不是件容易的事。我起身去给她拿餐巾纸。手忙脚乱中我把白色的纸一张张地堆在她的脸上，像个笨蛋一样想埋葬她的泪水。她在纸堆里说，你很像我弟，我有一个弟弟，我总觉得你整天在盯着我，是不是我有点过敏了？

她说，看到你我总是想到我弟，他很好的，你肯定比他坏一点。窗户外，接二连三的鞭炮响起来。她说你知道我为什么不回家过年吗，因为我不知道怎么回去骗他们。她说，想着他们我就难过。

我支支吾吾，别说这些了，今天是年三十，明年好运吧。

她说，你是不是觉得我是个荡妇？我说，当然你不是刘慧芳。她嘟囔，现在也可能只有我们的妈妈才做刘慧芳。我往她脸上吹了一口气。她软弱的样子让我怀疑女人是不是都像一张纸，分分钟前还神气活现着，一旦被戳破，就立马瘫下连一丝信心也没了。窗外鞭炮声声。在20世纪90年代转型期的大年夜，我面前趴着一个转型期女孩的脸。我摸了摸她的脸颊。我心想，你一会儿看得远一会儿看得近，一会儿笑一会儿哭的，让我快错乱了，我跟不上了。

她把一只手伸过来搂住我的脖子。你别笑我，别笑姐姐。我晕乎乎地去亲了下她红彤彤的脸。我说我从来不笑话女孩子，虽然我有时恨她们。我捧住她的脸，她的脸上此刻有与友琳相仿的软弱和硬心肠。她推开我，说了句什么我没听清。她突然把我拉近，亲我的嘴。我一下子把头埋进她的胸间。我大口地喘气，说，今天我喝得多了，可不怪我。她说，难道还怪我吗，这不就是你想了很久的名堂吗？

我们是怎么转到了床上我不太清楚，我只记得拼命地找她内衣的纽扣。她身上好凉快，她把我抱得很紧。我想好好看看她，她却一把关了床头的台灯。窗外的鞭炮声仿佛是在打一场仗。那巨大的声响让我奇怪地想起巴格达的轰炸，地面进攻打响了吗？想想那边的世界我们还算走运。我在她身体摸索像一个灾民。后来她帮了我一把。让我进入了我日思夜想的境地。我想着老苏想着春霞想着友惠想着我苦闷的青春竟然以这样的方式打开了窗。我睁着眼，想看清黑暗中她的脸。她的迷惘一目了然。她说你力气真大。她抱着我的脖子说，小男孩你以前有过吗……

第二天一早，我被她推下了床，她脸色慌乱，说，不好意思，我喝多了，真的不好意思，你还是小毛孩。我看着她扯着毛毯想遮掩身体。我伸手扑过去，她只闪避了一下，也搂住了我……在清晨来临的日光中，我们像被昨夜遗弃的小孩，只有拥抱不知倦意的情欲，才能克制彼此的寂寞和茫然。

那年春节，我和她沉浸在床笫之间，整个四楼空荡荡，我怀疑站在过道里都能嗅到情欲的味道。我不知道自己到底喜欢她什么，也不知道她为啥与我厮混，我们难分难舍，有时候，我们一前一后溜出门去，坐上她的新车，在那些乡镇之间的公路上飞跑；有时我们在半夜跑到招待所四楼的露台上，看远处开发区的灯光，以及头上的星光。她说她相信这里的星星也快看不见了，但她还是喜欢这里，这里不像她死气沉沉的家乡，这里酷似一棵树的枝头，很多叶芽正在萌发，乱哄哄的，但生气勃勃。她说先富起来的人就是从像这样的地方富起来的。她说，我们不能回去。

她说"我们我们"的时候，不知她有没有想过我们以后的收场。我没问她，但我看着她美丽骄傲精明愚笨可怜的脸，就忍不住想这事。性这东西真怪，它让初尝滋味的少年有被认领的感觉，我对她产生了巨大的依恋，以及嫉妒。她问我为什么像有心事。我支吾其词。我想，也可能这样的厮混于她而言，是小菜一碟，彼此HAPPY一下，总比一个人待着要好。至于以后怎么收场，谁知道以后啊。在这里，很少有人能真正看到以后。而人一旦不想以后，没准就能舒服得像换了个人似的，所以我让自己别想太多。但我还是会嫉妒。我不可救药地在进入情感。我想我怎么了？

有一天夜里，我被她摇醒，发现她盯着我的脸在问我，你为什么喜欢和我泡在一起？

我迷迷糊糊，说，深更半夜的，问你自己呢，你不是也喜欢和我泡吗？

她嘟囔："我也不知道，我明明知道今后你会伤了我，我为什么还会和你混在一起？"

伤了你？我说，怎么会呢？我搂住她，睡意全无，我反唇相讥，你一边和我睡，一边自若无比地接听那个老苏的电话，这才伤了我。

她抚着我的脸，想让我住嘴。我说，每次你让我想起那个老苏的时候，你不知道我有多恶心。

她用吻堵住了我的嘴，她说你别说那么多，我只问了你一句，你为什么要说那么多？

她在黑暗中拉着我的手在她身上走，仿佛在安抚我的焦躁。如果不想别的，依然可以亢奋。她说，你太纯没吃过苦。她说，我刺伤了你吗，屁屁虫，我不是有意的，我哪有资本刺伤你啊，你干吗要那么在意我，女人是不用在意的，你真笨，你可以不在意我的。她把我的手引向她的神秘之地，她说，我不知道为什么我越来越喜欢你了，你说说你为什么喜欢和我在一起？

减少受伤的办法是闭嘴做爱，肢体语言的交流往往比语言本身更亲昵，我狠狠地撞击着她，看着她快乐起来。这黑暗的房间里像浮着老苏的脸，他嘲笑着我们。于是喘息间，我问她：应姐，他到底给你多少钱？

她没出声。

他到底给你多少钱？

别傻。

他给你多少钱？

你烦不烦。

他给你多少钱？我哪天赚了钱，一定也给你！我对着黑暗大声叫起来，我哪天赚了钱，一定比他给得多！你告诉我他给你多少钱？

她捂住我的嘴。走廊上静悄悄的。

我挣开她的手，说，我是你的情夫吗？我故意恶心地笑起来，我还没老婆先有情妇了。

她说，你疯了，你不高兴，我知道你心里越来越不高兴了，我求你了，我们在一起应该高高兴兴，笨弟弟。

黑暗中，她拍着我的背，像劝我想开。黑暗中，别说话，像两个困扰着的孩子，找不到出口，拼命爱吧。

从那天起，我总是忍不住问她，他给了你多少钱？

对此，她变得火冒三丈起来。她说，你老这么问，是不是指望我的钱。我说，我才不指望，我恨你的钱。

那你为什么还不滚回你的隔壁去？

我拉开门就要出去。她一把拉住我的衣服，她说，你玩了我，就想甩了我，没这么容易，我看见她的眼睛在怒火燃烧，她说：除非，你拿1万块钱给我。她倚着门背，无限悲哀，仿佛不知该如何给我们的事收尾。这让我难过。她抱住我的肩膀，她终于说，对不起，真的，不知为什么看着你的样子我真是越来越难过。

她认为我没吃过苦，所以不知道肚子饿的时候、没人靠的时候，人会变得很急，会恨不得跳过一些阶段。

我说，那也不能没尊严啊。

她问我，那你与我混就有尊严了？

看我语塞，她呢喃而语，也只有你这个笨弟弟才喜欢我这样的姐姐。

春节快要过去了。有一天夜里，我们听到有人敲房门的声音，"应虹""应虹，是我"。

老苏。

我和她惊坐起来，面面相觑。我们以最快的速度下床，环顾四周，不知所措。我一眼看到了窗户。我把我的衣裤绕上脖子，我打开窗，跃上去，她拉住我，脸色紧张，干吗？嘘。我踩住了窗户下的那条水泥搁板，那水泥搁板与各个房间的窗台相联，平时用来放花盆。我轻轻地往我的窗口移过去。我看见她吃惊的脸色。她嘴里在大声说，来了，来了，我都睡着了。我跃上了自己的窗台，回到我的房间。

我听见她在隔壁开门的声音，我听见他们在隔壁说话。宛若戏剧重演，老苏开始吻她。她说讨厌。你是不是把我打入冷宫了。床动的声音，那个老苏说了句下流话，她说轻点轻点，你能不能轻点声。我发现自己又贴在墙上，这无能的姿态让我对自己、对隔壁怒火中烧。我像疯了似的拍打着木墙板，我大声说，还想不想让人睡了？隔壁的，请文明点，吵死了！

那边沉入难堪的安宁。我想象着应姐可能在被窝里笑也可能在生气。那天夜里我恨他恨她恨自己。结果第二天我到楼下打水的时候，对服务台的赵姨说，妈的，我隔壁那一对，还让不让人睡了，你该去管一管。

赵姨满眼兴奋。她说，我知道了，群众意见，这是群众的意见。

那天白天，老苏带着应姐不知去了哪儿。晚上的时候，应姐过来讨开水，她进了我的房间，随手掩了一下门，她没头没脑地亲了一下我的脸。我知道我的脸色不太好看。她嘟囔了句，过两天我陪你。她就出去了。那天晚上到深夜，那个老苏还在她那儿。后来我听到赵姨出现在走廊上的声音，她说，我得看看你们的证。接着我听到了赵姨和老苏在争执。我听到老苏说，结婚证我们没带在身边啊，我不是坏人，我在这里有投资，对这里有贡献啊。他结结巴巴。我想笑。我听见赵姨说，我们这边是不准许这样的。

我没听到应姐的声音。我感觉走廊上有许多人出来看热闹了。赵姨不依不饶地说，我们这里从来不是这样教的，我们从小就不是这样教的。后来，我听见老苏进了房间，好像要拉应虹去厂里，应虹说，我不去我不去，你让我这么灰溜溜跟着你走出去，我脸还往哪儿搁，你要我死啊。她哭起来，声音断续，像咬着棉被。我听到那老苏"砰"的一声把门摔了，自己走了。

我听到她在隔壁哭。我走到窗边，向外面看了看，没人。我越过窗台，沿着那圈水泥搁板移过去，我拉开她的窗子，手一撑，就越了进去。她吓了一跳，看见是我，就把脸继续趴在被子上，那上面有泪水痕迹。我坐过去拍她的背。她起身抱住我继续呜咽，说自己倒了霉。我告诉她别哭了是我叫赵姨来赶走那个老苏的，因为我讨厌你们在一起。她"啪"地给了我一个巴掌。可能用了她全部的愤怒。我脸上辣乎乎的，可能肿起来了。那天晚上，她抱着我一会儿咬牙切齿一会儿痛哭流涕。她说我羞辱了她还自以为是帮了她，她说，妈的，我受不了了。在关了灯的房间里，我们像敌人一样抱着寻求慰藉，然而无济于事，所以开始做爱，这样才能镇静下来。人不去想以后有多好啊，而当我们静下来的时候，她突然又发作了，她说，你们一会儿这个，一会儿那个，你们臭男的，真的把我当招待所了。她腾地坐起来，说，我们走吧，从这里走，走吧，我跟你走吧。我说，好的。我立即坐起来，我说，我们去G城吧，我有个老乡在一家制药厂上班，他们那儿最近有个岗位，你跟我走吧。她用手环住我，贴着我的脸，她说，那你保证，一定要对我这个姐姐好，别哪天玩腻了丢掉我。

她说走就要走。我和她在各自的房间整理东西。半夜，外面很安静。我的东西本来就不多，一个旅行包。她有两个皮箱子。随后我们靠在她的床上等着天亮。我说，开你的车去吗？她说，不行。为什么？因为那是他的财产，你把我带走，那是私奔，但把它开走，那算偷盗。我点头。到清晨四点的时候，我拎着她的一只箱子先出了招待所。我站在那座水泥桥下等她出来。我看见她提着箱子歪歪扭扭地过来了，身后是满天的星光。我们在清早的路灯下往公路那边走，那里有个汽车停靠点。我走一阵，就回头看她，她穿着一件黑色的风衣，拖着一只箱子挺吃力。晨风有些寒冷。我想她从今后要和我在一起了。她让我走慢点，她说，你慢点，我穿了双高跟鞋。我站住等她。她好像很吃力。她走了一会儿就坐在她的箱子上。她说好像扭了一下脚。我过去帮她。我们费了好大力把两只箱子弄到了公路边。我们站在渐渐亮起来的公路上。没有一辆车经过。风吹过，我看着她。从今以后要和她在一起了。我说，你属什么？她愣了一下，问我，你说什么？我说我问你属相。她把蓬乱的头发用皮筋扎起来，她笑了一下，说，你问了多少次了，告诉你吧，我属马。她看着公路那头，说，你冷吗？我很冷。

我把外套脱下，披在她肩上。在等待中时间是那么漫长。她说，怎么还没车来呀？她说，我们去了G城住哪儿啊？

她不停地说怎么还没车呀。我说别急，时间还早呢。后来我听见她说，我不想去了。她说，真的，我不想去了，天好冷啊，我想回去了。她仰脸看着我，像在哀求。她说觉得这事是不可能的。她说，我怕麻烦了，再说我们今天住哪儿啊？

我看着她的样子，傻了半天。我知道她是真的不想走了。

我跟着她往回走。那两只箱子变得更重了。我看着她，这匹悲哀的马在前面走的样子，我知道她在哭。她的风衣下摆在风中飘啊飘啊，我知道我们就像它一样飘摇。

　　回来以后，我们的每一天好像都在告别。我们再也没吵架了。那是最幸福的日子，也是最难受的日子，有一天，我从镇办下班回来。在街角，有个女孩对我叫了一声"喂"。嗬，是那个补鞋妹。她说，你好久没来擦鞋了。

　　我看了一眼我脚上的旅游鞋，很新潮的鞋。是应姐从厂里拿出来给我的。我刚想说这鞋不用擦，没想到她涨红了脸，低声说，你别和那个女的在一起了，街上的人都在说怪话了，那是个坏女人。随后，她低头干活。

　　我这才意识到周围已有异样的眼光。我想，他们是从哪儿看出破绽的。

　　那天晚上，应姐很晚才回到她的房间。她过来倒开水。她说今天厂里事很多，她很累。

　　应姐离去的那天，我没有预感，一如她最初来到那家台球室，很突然。

　　我记得那个夜晚，我下班后回到招待所，照例去听隔壁她的动静。她没在。那天直到晚上10点，她的房间里都没有声音。我想可能是厂里有事，也可能是那个老苏来了。我铺开被子准备睡觉，我突然看见被子里埋着一只大信封，信封里有一张白纸，一个BP机和一把钥匙。

那白纸上没写任何字。那BP机崭新。那钥匙是我这房间的钥匙。我给她配过一把。

我想，难道她走了？我开门出去，拍她的门，没人。我回到房间，越过窗台，踩着水泥板移过去。我看见，房间里她的东西已没了。

我在窗台上坐了很久。夜色中我发现自己在哭。我不知道那张白纸她原本想留什么话给我。我转着那只BP机。它背后贴了一个号码。那是1991年无比风行的贵东西。我想，你会CALL我吗？

她没CALL。我后来去那家旅游鞋厂打探过。他们说应厂长去了深圳。我顶着夏夜的闷热往招待所走，报务台赵姨没像往常一样招呼我，她在看电视，电视上苏联那边喧嚣一片，"8·19"的风云没吸引我。我管不了别人的事了。我在D镇孤单无比。我想离开这个地方。

那只BP机，我带在身边多年。我一直想象，有一天在它鸣叫之后，我回电过去，那头是那个略哑而醇厚的声音：笨弟弟，你在哪儿，还好吗？

但从来没有。

/ Chapter /

3

1996年的黑天鹅

1996年夏天的时候，我所在的机械厂有些不行了，生产出来的东西卖不出去，有人在窃窃私语，是不是有人要下岗了，要买断工龄退了。

　　厂办的林姨就是忧心忡忡者中的一个。她有预感，觉得整天这样坐在办公室里抱着个茶杯，翻着张报纸，越来越没事干，肯定长不了。

　　她算了算，觉得厂办的这几号人里，如果要轮到下岗，第一个可能会是她。她说，我才46岁哪。

　　节骨眼上，厂办突然又调进来一个女孩。她从文印室抽上来。来了一个月，突击被提成了厂办的副主任。

　　这坐直升机上来的女孩，到了厂办后，就坐在我的对面，算我的上司，叫丁静儿。

林姨的脸色更难看了，她悄悄地对我说，她呀，原来是厂里的女工，后来转成打字员坐办公室，嘀，现在这个时候这样上位的，谁都看得出来，是一场戏啊。

这话虽说得暧昧，但那时已是20世纪90年代中后期了，人变得不那么不依不饶了。是啊，这世界正不以人的意志为移转地在变，很多事，你钻牛角尖没用，也没那个空，谁搏到算谁能干呗。

我看见丁静儿每天都坐在办公桌前整理抽屉。她把资料往我桌上一推，算是布置给我的活儿。

每天上午10点的时候，她就开始打电话，她对着电话机呢喃，嗲糯的声音总是打断我看报纸的注意力。我发现自己常竖着耳朵在偷听，有时候她在生气，有时候她在娇嗔。

我在猜电话那头的那个人哄她的神色。我对自己说，像这样的女孩，即使你喜欢，你也得敬而远之，因为她太知道对自己最好的永远是自己。

她当然长得很漂亮。她袅袅婷婷地在厂区里走的时候，肯定让许多人心猿意马。

丁静儿。我看到她第一眼的时候，就相信她是个妖精。

那时我总找不到女朋友，有人来厂办办事时，看见我打趣说，你怎么还没找到啊？不小了。

我不好意思地说，用得着刻意找吗？人尽可妻，等自己调整好了，其实谁都可以。

坐在我对面的娇媚女上司就咬着嘴唇在笑，说，人尽可妻，人尽可夫，好玩，这话说得像周星驰。

她说她喜欢周星驰。我就让她做一道题："你愿意做一个痛苦的哲学家，还是做一头快乐的猪？"这是那些年文青们爱让人反复做的题。

她"咯咯咯"地笑道，那当然是猪，但问题是我不是猪，我属兔。

她认为我搞不定女孩的最大问题，可能是想得太多，板得太紧。而我想着关于她的那些流言，觉得她哪是乖乖兔，整个儿就是个小狐狸。

那些飞短流长，其实说的是她跟我的那位远房亲戚——厂长老郑的暧昧。

所以，她打电话的时候，我总想着电话那头老郑可悲的脸。

我想，人到他那个年纪，是不是都中年危机成这德行。

这事是厂里日益乏味生活中的味精。时代确实不一样了，那是

20世纪90年代中后期了，与领导闹点绯闻，好像已越来越成为个人生活方式的事了，所以即使有飞短流长，当官的还在当官，走捷径的还在走捷径，你尽管去偷偷笑话，但又怎么样呢？

有一天深夜，有个女人来拍打我宿舍的门，她说，开门，开门，开门……声音带着哭腔。

我开门一看，是厂长老郑的老婆张丽。张丽对我说，老郑到现在还不回家，你是我亲戚，还是厂办的人，所以我只能寻求厂办帮助了。

我知道她气得迷糊了，我语无伦次地说，老郑不见了？不会吧，这么大的人。

她诡异而艰难地一笑，说，那只"妖精"也不在宿舍里，我去找过了，你说他们去了哪儿？

我从没遇上过这样的事，一个女人向我要她的老公，而她的老公是我的领导。我虽感荒诞，但她抓狂的脸孔让我无法找借口逃脱。

后来我只好陪着张丽走在夏夜的大街上，漫无目的地寻找老郑和丁静儿。

他们都是我的领导，我不敢想象万一真找着了，又该如何收场。

　　夜深人静，街道空旷，张丽在这片让人惶恐的寂静中唠叨。她认为我既然兼任厂团委副书记，那就应该好好做做丁静儿那个小妖精的思想工作。第三者插足，可耻哪！

　　说真的这么走着，我恍若在梦里。我想，那个小妖精已是我的领导了，她还要我这群众做思想工作？那还当什么狗屁领导。

　　"老郑、老郑、老郑……"怨妇张丽向着路灯照耀的街道呼喊，声音在风中飘忽。后来她的眼里没了怨恨，只有尴尬，她好像打着战对我说，我们别找这死鬼了，他没良心。

　　她突然想起了什么，就低头从随身包里掏出一团旧报纸，说："你看看，你看看，你看看！这不是我的东西！"

　　报纸里面包着一双女式拖鞋。

　　她用一根手指拎着它，说，这不是我的东西，却扔在我家的床底下！这死鬼趁我去北京开会，甚至把她带到了家里！

　　她拎着这双拖鞋好像拎着自己全部的失败。她显然意识到了自己的荒诞，就把鞋丢在了路中央，她踩了一脚，说，破鞋子。

　　第二天上午，张丽穿着一身银灰色的西装裙，走进我们办公室，说找丁静儿。丁静儿看着她，愣了一下。张丽尖叫了一声"狐狸精"，就给了她一个耳光。

丁静儿当场可没哭，她脸上有一道深刻的讥笑，她说，老B样，我只要给你老公一个眼色，你连老婆都没得当。

接着，目瞪口呆的我们就看着她俩的对骂和对打。我和林姨赶紧拉，拉啊拉，终于把她们拉开。许多人闻讯而来，在门口看热闹。

1996年的怨妇们，采取的依然是那些年的通用策略——到老公单位去，把事情闹大，制造舆论。

但1996年对怨妇来说，这"舆论"的功用好像开始了衰微，即除了把自己和老公惹成笑料，于事无补。难道，舆论也过时了？

张丽跑出厂，说要到分管我们厂的工业局去理论。

而丁静儿把头埋在桌上。我不知是该劝她还是不该劝她。我就溜出门去。

我在厂区遛了一圈，许多人都向我打探这事。等我回来的时候，她还趴在那儿。桌上的电话铃响个不停，她也不接。我连忙去接，我听到是厂长老郑，他找丁静儿。她"啪"地从我手里夺过话筒，一把合在电话机上。

我盯着那只尖叫着的电话机，心里笑她今天的狼狈。

厂办主任吴海山进门来，他让我先陪丁静儿回去休息。丁静儿说，不用不用，那个疯婆子不会坏我的心情的。吴海山用眼神示意我，于是我赶紧拎起丁静儿的包，拉她就往楼下走。

我感觉自己在帮她遮挡视线，让那些窥探的人以为我俩是出去办事，而不是她灰溜溜地撤走。

我们走到大门口时，工会的吴姐迎过来，她挽起丁静儿的手，说自己要去逛街，一起去吧，散散心去。

丁静儿说，我不去，我有事儿。

丁静儿和我往对面的街区走，留下吴姐讪笑着站在太阳地里。丁静儿一声不吭地走在我前面，步履越来越快，我不知她要去哪儿。白花花的太阳下，我们走过三个路口，她站住脚，这才好像发现我还跟在她的后面。她想装没事儿样对我笑一下，可是表情又像哭一样。当然她没哭。

她问我去哪儿。我说我不知道，要不我先回去了，你也先回家。她说，你是不是觉得我很丢脸？我说有点。她让我陪她走到前面的新街口，再回去。

到了新街口，她问我是不是觉得她很可怜。我说，你可怜，怎么会呢？

我心想，应该说张丽可怜。

她好像看出我心所动，她说，我不恨她，我恨厂里的那些人，我愿意跟谁好关别人的屁事，有什么好笑的，都什么年代了。

我心里对她说了声"屁"。

我心想，你一个打字员，能飞到这一步，你跟谁好，这大大地关别人的事。

她说，他对我好，又没碍着别人。

我想，屁，如果是传达室的张胖想跟你好，你答应吗，别说他，就是我想和你好，你答应吗？

她可不知道我在想啥，她在说，这单位说起来也够大的，但浪漫的人几乎没有。

我想，屁，你要的是浪漫吗。我看着她那张漂亮精致的脸，觉得真他妈的可笑。

而这一刹间，她憋到此刻的泪水和情绪突然崩塌了，她站在街边突然泪如雨下。我手足无措，不知怎么劝她，只会说，不要哭，别哭。

过路的人看着我们，八成把我们当成了拌嘴的小两口。

烈日当头，我劝她去街心花园的树荫下坐一会儿。我搀着她的胳膊走过去。

阳光落在浓密的枝叶上，散发着清香。坐在街心花园的石凳上，她对我说她和老郑的事。她说，我就是喜欢老郑就是靠老郑又怎么了，女人本来就是得有人靠的，否则就不是女人了，他喜欢我我喜欢他，他帮我很正常，他不喜欢我他也会喜欢别人的，他也会帮别人的，那些女的，我知道她们在嚼舌头，其实还不是嫉妒我嫉妒得眼睛出血。

她说，她们去看笑话好了，我才不在乎呢，他还看不上你们呢，丑八怪们。

她抹着眼泪，梨花带雨。我感觉她这样子比她笑着的时候要漂亮很多，这也真够邪门的。

她说她又没想当第三者，只不过是混混而已，两情相悦，混混又怎么了，张丽那个神经病。

在1996年的街边，我听着听着就觉得这时代这女人快得就像前面这条马路上掠过的车辆。我跟不上她这样的逻辑。我想，照她这么想，如果我是厂里的女人，没搞定老郑，没被宠，会得忧郁症不说，他妈的亏到哪里去了都不知道。

我讨厌她。

其实我一直讨厌老郑的这个小妖精。

但我没想到，自从她在街头对我哭了一场之后，我就变成了她的"情绪垃圾桶"。在办公室没有别人的时候，她对我说啊说，说着她自己的事显得相当无辜。我看出来了，她的悲伤和愤怒离不开我这个观众了；我也看出来了，这个弄堂人家的女孩其实深藏自卑。她说她从小就知道什么都要靠自己去争取，没人会无缘无故给你的。她说张丽现在把事闹到上面去了，好像准备跟他们同归于尽似的。

她说，这黄脸婆真可笑，我老了的时候，可不能这样。

我说，谁说你就一定不会闹。

她说，一定不闹，我鄙视那些老东西。

虽然她这么说，但我敢断定她也在闹了，因为我们办公桌上的电话铃响个不停时，她让我别接。

她对我说，那个老郑还是男人吗？连个老婆都管不好，我这两天不准备搭理他了，我准备对他断电断水。

断电断水？我对她坏笑，她脸红了一下。她说，如果那个张丽不闹，我跟他混混也就算了，但这么一闹，我这脸面被摆上桌面了，没准就逼着我也要名分了，看看谁厉害。

她说的话全有矛盾点，我懒得跟她较真。而她居然把我当作了密友，这也够邪门的。

我心想，像她这样的坏女孩，在女人中必是惹众怒的天敌角色。

而她认定那些嘲笑她的人其实也在羡慕她。

我观察了几天后，"三观"有点被颠覆，因为从某种角度上说，还真的给她说准了。

因为这阵子来我们办公室拉她一起去逛街的，和她套近乎的人挺多，他们和声和气地跟她说话，瞅不出一丝他们在背后笑话她时的鄙夷。这或许是因为谁都知道她把老郑搞定了。谁知道她会在老郑面前怎么议论你呢。

我想，怪不得她无所谓了，因为她对老郑有影响力。单位快要改制了，以后怎么样都不知道，所以管自己都来不及了，管别人的闲事干吗啊，上面的领导也没管他们轧姘头啊，你费神干吗，还不如跟她先客气着。

所以，她在度过了因张丽打上门来的最初慌乱之后，很快就又若无其事地在走廊里走动了，看得出是多么的无所谓。

这真是块当情人的料。

我以为她不会给厂长老郑惹麻烦。但没想到，有一天老郑把我叫到他的办公室。

他说有个任务，是去上海踩一下点，9月厂里想安排一次青工的旅游活动，你先去踩点，看看参观哪些地方，住哪儿。

他交代完后，又加了一句，你和丁静儿一起去。

我说，好的。

而他好像话还没说完的样子。他欲言又止了一会儿，指了一下开着的门，让我去关一下。

我关好后，走过来，听见他叹了一口气，唉。

我在他办公桌前坐下，听他讲。

他说有些事和你讲一下，也不要紧。

他说我们还是亲戚呢。他说有人在搞他。他说，有些事我不说，你也肯定听说了，什么乱七八糟的，都传成啥样了。

他还说要我帮帮他。他说我这个小伙子干活利索挺为他争气的，会有前途的。他说我们又是亲戚，有些事也就直说了。因为有人最近想搞他。

他说："我那老太婆疑神疑鬼，到处去说，这事被另一些人利用了，有人写了匿名信，有人这几天在拼命拉丁静儿，准备把这事搞大，都什么年代了，还生活作风呢，我又没犯法，偏偏有人还准备对我使这个棍子和帽子。"

他怕我还不明白，就继续说，他们拉丁静儿是想让她站到他们那边去，把我说成啥，向她伸出黑手？强奸了她？去，他们这点伎俩还以为我不知道，有的是人给我报信呢，他们这心也太狠了，生活作风原本又没犯法，但他们网罗的这些名堂就是犯罪的事了。

他气得脸色铁青。他说，他们正在拼命拉拢丁静儿，这小娘们儿也搞不灵清，还趁势向我提要求呢，到这份上，她有她的心机，这小娘们儿。

他叹了一口气，借势教育我说，女人就是情绪化动物，她们永远只记得你对她的不好，她们的要求是个无底洞。

他说，静儿还以为他们真会对她怎么好，做梦去吧，他们只是利用她，他们现在拉她，就是指望她犯傻，说出对我不利的话。

老郑把这些都倒给了我，惊得我目瞪口呆。

我纳闷，这事与让我和丁静儿一起去上海有啥关系。

他看出了我的纳闷。

他说最近对他来说，正是关键期，因为上面在考察他，他有望升到局里去提一级，也正因为这样，节骨眼上，有人眼红，就打那些飞短流长的主意，找他的碴儿，写了匿名信，这两天上面可能会派人来调查这事。

他说他让我和丁静儿去上海，是想让她静一静，把她和那些想搞他的人进行"物理隔断"。他说这其实也是配合他的工作，因为局里即将在我们厂进行股份制改革试点，所以现在事儿都堆积成山了，矛盾也堆积成山，队伍不好带。

我对着他心事重重的脸，点点头。

他说，这一路上，如有机会，你也可以对静儿做点思想工作。

我差点要笑，因为他老婆张丽也要我做那小妖精的思想工作。

我打心眼里讨厌丁静儿，这小妖精现在好像在掌控这个厂的全局和走向。想着这点，我就莫名不爽。

我和丁静儿赶当天下午去上海的火车。

丁静儿好像纳闷为什么这么急。她说，老郑也真是，这点事，其实你一个人去也行。

而我没想到在火车站候车时，工会的那个吴姐居然捧着个西瓜出现在我们的面前。她对丁静儿说，到上海就住五月红宾馆吧，我都帮你们订好了房。

然后，她对丁静儿挤了挤眼睛，说后天是星期六，她也会过来的，一起去淮海路买衣服，到时联系。

我们一到上海，我就把丁静儿带到了一家大学的招待所。我原以为她会有点异议（不是吴姐说已订了"五月红"吗），但她一声不吱，跟我去了大学。

接下来，我们跑了"一大"会址、南京路、复旦大学。我把线路记在笔记本上，然后在各个点找餐馆。太阳猛烈，我们在地铁、出租车之间转换。

面对掠过的街景，我想，那个吴姐和她身后的那些人这下子找不到我们了吧。

那时我们还没有手机，茫茫大上海，他们是找不到我们的。我还真的就把丁静儿这个"信息源"给封锁了。

天太热，后来我和她就开始偷懒，逛进了淮海路伊势丹，因为里面有空调。

她开始试衣服，再贵的衣服，她压根儿不可能买的衣服，她都会牛B哄哄地试穿。她试穿个不停，让我在一旁干等得很烦。后来她终于看上一袭黑色吊带长裙，1000块钱，她想买，又犹豫不决，问我好不好看。我心里觉得这裙子妖里妖气，她穿着像个"三陪"，再说也太贵了，就直说不好看。营业员可能怕这单跑了，就冲我说，这么漂亮的女朋友，你也真是，该好好给她打扮。

丁静儿和我都没理她。丁静儿追问我为什么不好看。我烦了，就说，那就算好看吧。这妞闻我此言，就摆出了点上司的谱，说我总是打击她，说我眼光有问题。

这不是挺时髦的吗？她在我面前转了个圈，裙裾飘摇，袅袅婷婷。她对着试衣镜照啊照啊。

看她向往成那样，我怀疑，这年头，一眨眼的工夫，是不是"三陪"衣装风格已走到了时尚的前列。

开票的时候，我听见她对那营业员说，他不是我男朋友，我花自己的钱。

那天下午，我帮她拎着那只衣袋，在上海街头乱逛，甚至还和她在国泰电影院看了场《廊桥遗梦》。当银幕上大雨如注，梅丽尔·斯特里普泪如雨下的时候，我和她都笑了。黑暗中，坐着不少中学生，他们也来看中年人的爱情了，这让我们更加乐不可支。

看电影间隙，我借口上洗手间跑到影院门外，用公用电话机给老郑打了个电话。

这是按他的交代，每天得和他联系。我对老郑说，没事，他们绝对找不到她了。他问，她怎么样？我说，还好，看不出来什么不好。

我们在上海待了三天，该跑的地方都跑到了。但老郑在电话里让我想办法再拖几天回来。我想不出招了。老郑说，那么再去苏州和南京吧。

于是，第二天上午，在招待所，我对她建议我们再去苏州看看，厂里难得组织一次活动，我们给大伙安排得丰富一点吧。她想了一会儿，说要不要向厂里请示一下。她就往招待所服务台走，想给工会打电话。我拉住她，说，我去打，你是头儿，这事我去。我就奔向服务台的电话机。我乱拨了一串数字，故意大声说，苏州，苏州啊，好啊，真是太好了，或者南京也去看看，好啊，太好了。

我一边说着"搞定"，一边向她走过去。她皱着眉头笑道，那你干吗不说再去泰山、青岛看看呢？

我们在苏州逛了几天，旅馆里的人对我们这样的组合肯定有些诧异。她穿着那袭低开领的吊带黑衣裙，风情万种得像个暧昧女子，我跟在她屁股后面，像个大学生，一眼看上去就和她没什么关系。

有一天，在苏州狮子林，我忍不住对她说，别再穿这裙子了，太招摇了。她很臭美地对我笑着，在我面前转了一个圈，说，不是挺好看的嘛，像黑天鹅。我就忍不住涮她：你是真的不明白吗？那些"三陪"把黑衣黑裙搞得如今没人敢穿了。

她眼睛睁得老大，先对我"呸"了一声，然后又同意了我的说法。她说可能她们有钱了，就买那种最时髦最贵的衣服，像

ESPIRT，多贵啊，但衣服本身无罪，放在店里谁都能买，所以这年头穿得最漂亮最前卫的反倒是她们了，这也太搞怪了。

这坏妞一边笑，一边表示对此现象想不开。

她说她感觉怎么现在好像有点笑贫不笑娼了，是不是？

这小妖精说这话，面容像贞女一样无辜，还给了我一个媚眼。

离开苏州那天，我们在苏州火车站有些犹豫，是不是还去南京。其实我心里也嫌麻烦，而她是觉得累了。

我吃不准老郑到底还想再拖她几天。我对她说，还是去南京吧，省得我们回去后，厂里再叫我们出来。

她有些不情愿地看着我去排队买票。候车室窗外在下雨。我买了两张去南京的票回来，见她坐在长椅上呵欠连天。

我们坐等上车的时候，她突然转过脸来，问我她到底几时可以回家？我发现她的眼角有眼泪挂下来。我说，怎么了？她说，别以为我不声不响就啥也不知道，我很累想回家你知不知道？

她这样子让我有些慌乱。我一声不吭，坐在她身旁拿出报纸翻着，想装傻。她用手指挑了一下我手里的报纸，尖声说，你和你那个老郑别以为我傻，你们把我当傻子了是不是？

她说如果她要站他们的队，那老郑早就该滚一边去了。

她揪着脖子里的项链，像要把自己弄痛。她说，你，你们，包括他们，都他妈的恶心。她说，你去告诉老郑好了，我丁静儿钻不了谁的圈套，我就是我，那些鸟人，难道我看不出他们想利用我吗？难道我不知道越被人利用最后越会成为牺牲品吗？那些鸟人还唬我说现在不先咬定他强奸在先，以后我会被动的。狗屁。我丁静儿的尊严，可不需要人人喊着为我去维护。真他奶奶的，全有病！

她低头捂脸，开始哭。在人来人往、潮气汹涌的候车室里，她好像置身在旋涡里，风声好似从我们耳边刮过，呼呼地响，我听着她的呜咽。

后来她拎起包，起身，甩袖而去。

在我想着要不要去追她回来、该怎么劝她的时候，她自己又折了回来，她坐回到我的身边，一言不语。

瞧着她这样子，我有点可怜她了。因为我知道她其实没处可去。

这一瞬间我无可救药地可怜起她的样子，当然我也知道她绝对比我聪明绝顶。

这样一来，我就不知道还要不要去南京了。我问她，还去南京吗？她抬头，看着我，眼里含着眼泪和讥笑，说，去吧，否则你怎么交代，但记着，我可不是傻子。

于是我们出的这趟差的后半段，就成了荒诞之旅。

她因为看穿了把戏，反而占据了上峰。

她一会儿对我冷嘲热讽，一会儿对我梨花带雨。可能我尴尬的样子让她有了发泄的狠劲，于是我再次沦为她的"情绪垃圾桶"。

比如在南京旧时香艳之地秦淮河，她几乎把我当作了中国男人的靶子加以讥讽。她说，中国男人千百年来都允许三妻四妾的，一夫一妻制也就这么四十多年，潜意识里可能还不习惯着呢，所以，现在表面上一夫一妻的，但其实有多少人在偷鸡摸狗，有钱有权的，几个"老婆"都不止，太恶心了，我看，真正浪漫的人，我们单位一个没有。

看得出她对老郑几乎透视，看得出这只又恨男人又要男人的"黑天鹅"是多么混乱，又多么精明，多么悲哀，又多么得意。

她这样子让我生气，我不甘示弱，跟她争执，以打击她对我指手画脚的牛B气焰。我说，如果女的都想当科长，都想和厂长老郑好，都不想下岗，那老郑他还不妻妾成群吗，所以还是你们女人的问题。

果然她生气了，接下来，一个下午不理我。

一个星期后，我和她回到厂里。

那件上面来"调查"的事儿已经过去了。

老郑说我帮了大忙。而我听说来调查的人好像被他搞定。我也听到了对我的风言风语。

丁静儿依然坐在我的对面，做我的领导。

一天天，办公室生活又沉入没波没澜的常态。我不知道她和老郑、老郑老婆张丽之间，到底是暂时摆平了呢，还是暂息旗鼓？是张丽想明白了呢，还是他们都想好了，或者不想了？

反正现在一切平静。

只是丁静儿与我出了一趟差之后，好像看破了彼此的心机，反而坦然了，常争来辩去地斗嘴取乐。我笑她这么聪明难道不觉得累吗，而她认为我"闷骚"也好不到哪里去。

于是她更把我当作了她的"情绪垃圾桶"。她居然与我形影相随起来——一起去食堂打饭，一起去开会，一起打牌，一起下班回集体宿舍楼……

于是我再次听到了一些让我很不爽的言语——他们说老郑派出我去黏她，一老一少联手通吃了她，甚至他把她让给了我，解决了他和她的后顾之忧，堵住了她的嘴，这事别人就插不上嘴了，高啊，确实是高……

这让我惶恐，甚至害怕跟她走在一起被人瞎想。

我不知道她有听到这些流言吗？

看她的样子，哪怕她听到过也如风过耳，无所谓。因为她依然若无其事地坐在我的对面，常常从抽屉里掏出一面小镜子，拿着一支唇膏在涂口红。她对着镜子看啊看啊，看得出她是多么喜欢她自己。她的嘴娇艳欲滴，她的脖子颀长优美，她的眼睛熠熠生辉。如果不那么坏，真他奶奶的是个宝贝。

我能感觉到她觉察了我在她面前的不自在。我还感觉到她对我的日渐靠近。我怀疑这样的小妖精确有她的本领，她愿意和谁靠近时就能和谁靠近。

那一阵老郑经常派我和她一起出去开会、出差。在人生地疏的外地，人与人确实可能产生一些相互依靠的亲密感。晚上，她洗完澡总是来我的房间聊天，她湿漉漉的头发，让她总像处在一种湿漉漉的状态。有一天，我都睡了，她还来敲门，说要借电热水壶，我说，你房间里不是有吗？她走进门来，说，我的壶里有一只避孕套，恶心死了，不知谁丢的。她脸色苍白，因为恶心好像差点要歪到我的怀里，她伸拳轻打了一下我的肩膀，说，天哪，太恶心。

我看透了她，如果说她可能喜欢我，那也不是与老郑臃肿的身体、庸俗的脸孔相比，更主要的是她恨我，她恨我心里每天可能对她的轻视，她必须打碎，让你高不到哪里去，装啥装，不就这一回事吗。

　　于是，我就装傻，一手把水壶递给她，一手把她推出门外。我说，我今天头痛，明天再聊天吧。

　　她依然风情万种，好像啥事都没有。

　　有时看着她风情万种，我会想起1991年遥远的应虹。我想，应姐哪怕有她一半的精明和冷漠，就不会把自己弄得遍体鳞伤，问题是应姐总是无法遏制自己付出情感，所以就痛；而这小妖精则像是看透了自己和别人，所以若无其事。有时看她的精明样，我他妈的都怀疑从"五四"开始的妇女解放运动是不是已退回去了？

　　有一天，老郑把我找到他的办公室，含笑瞅着我说，听说你和丁静儿最近在搞对象，很好啊，静儿其实是不错的，你嘛，也老大不小了，静儿很会照顾人的，这样的女孩理家是一把好手，不吃亏的。

　　他这话，让我眼睛都没处搁了，直接傻掉。

我支吾道，我没跟她谈恋爱！那是别人在乱说，怎么你也会相信？这事其实你最知道啊。

老郑居然脸红了，他言语有点吞吐，说，哦？是吗？不过，我倒是觉得你们俩挺般配的，你也不小了，也谈过朋友了，也经历过了吧，也不该再是纯情大男孩了，现在对个人问题也要抓紧了，一年年过得是很快的，静儿这姑娘还是不错的，在岗位上磨炼了这几年，性格是成熟的，你不会吃亏的，再说，单位明年要分房子了，房子不多，可能是我们单位最后一批福利分房了，据说以后国家不管分房了，这趟班车不能错过的，这也因为是你，我才透露的。

我坐在他的面前，好像在进入一部通俗电影或小说的场景，恍惚，不真实。

我脸上发热。我他妈的真想夺门而去。而他还在说，咱单位明年要试点股份制改革了，改制，一部分人干得不好得走，得下岗，而一部分人干得好的，不仅不走，说不定以后还有机会分到股份，上市呢，当然，股份制具体怎么搞现在还不清楚……

他忠厚沧桑亲切的脸让我想吐。我想着"股份"这字眼觉得像做梦，我多么想有份，但我从来就知道不会有我的份。我也多么想要房子，我做梦都想要房子，有房子才会有家，但没有一个我可以不提防的老婆，即使有了房子，那是家吗？

他的胖脸让我想吐，我撒腿就撤了。可能是我还没吃过苦，可能是我还没到那份上。

那年冬天，我从报上看到省老龄委在招人，就去报考了，被录用了。

我离开机械厂的那天，厂里的几个小兄弟以为我疯了，他们说，咱单位是不太景气，但明年要分房了。

我说，白搭，我一下子又结不了婚，结不了婚分个屁房啊。

而丁静儿还真的结了婚，分了房。

她是和厂里的技术员小林结的婚。小林被调到了总务处，任副科长。丁静儿运势不可挡，除了小林是个帅哥，她分到了房之外，厂办科长吴海山工龄买断提前退了，她就成了科长。当年和她一起进厂的那些女工，多半下岗了。

我听到这消息是1997年秋天，满街是"下岗"的声音。我仿佛看见丁静儿像一只黑天鹅，伸着手臂，在我面前转了一圈，飞了一个媚眼给我。算她狠。她的得意像一阵大风能吹晕人，我承认这一刻我很不爽。

而现在已是2016年秋天了。

我就是在这个秋天的一个中午偶尔路过城北原机械厂地块，看到那里如今已成了一片高档小区，才又想起了这个叫"丁静儿"的女孩。

因为某种好奇，我给已人到中年的原机械厂小兄弟们打电话。

他们说不知道，后来她也离开了厂，好像也离婚了，然后就不知道去向了，谁都不知道，因为她好像屏蔽了跟我们原厂子所有人的联络，嘿，你还记得她。

他们认为，凭感觉，像她这样的，不是混得绝好，就是彻底混砸，不会有中间状态。

/ Chapter /

4

两
条
船

在我过往的情感中，也只有这样一次"脚踩两条船"的经历。

窗外是新年伊始的1997年，我的工作单位省老龄委那段时间在组织"金婚十佳恩爱伴侣"评比。有一天下午，一位当选的金婚老太太过来领奖。她穿着厚厚的棉袄，塞给我一包喜糖和一对小巧的手制宫灯，高兴地说，你们这是奖励我吧，终于有人奖励我了，现在估计没有我这样的傻女孩了，会跟着一个右派去山沟里待个30年。

她问我结婚几年了。我说还没哪。她更高兴了，说，好在我们快跑到头了，而你们还得跑。

那天下班后，我拎着这老太太留给我的宫灯去见一女生，相亲。

快过元宵节了，我以为她看见一个男孩提着灯笼来咖啡馆与她相亲，可能会觉得挺逗。可惜那天她对宫灯没太留意，更多的时间里，她是在说她工作单位商检局马上要福利分房了。

　　在"格兰咖啡馆"迷离的灯光下，她斯文而忧郁，她说，"要分到房就先得结婚"，这规则多好笑啊。

　　其实她一点都没笑，而我却想笑了。我想，她是在表明她来这里的理由，从而显得很无辜吗？

　　她长得不好看，穿一袭腊染棉布裙衫，有点张爱玲的调性。我问她要什么。她说，纯净水。我想为她点块芝士蛋糕，她摇头说晚上六点以后不吃东西的。我说哈力克呢。她继续摇头。我说你不胖啊。她诡异地笑了，说你没看到现在都流行"小一号"了，连我都快买不到衣服了。她的手边放着一本《倾城之恋》，那是我来到这儿之前，她在翻看的。

　　接着，我们讨论了一阵张爱玲，还有正火的余秋雨，没想到后来又绕到了那该死的分房。她说着她们单位要分的那最后一批房子，那可是市中心黄金地段的好房啊，比我们老龄委的要好多了，而我不知为什么却可笑地觉得，她是在对我显摆最后一班华丽班车，而我能不能搭车全取决于此刻对她的巴结。

　　原谅我可笑的多心吧。

咖啡馆里一个女生在吹长笛，声音悠扬，绕耳不绝。

我心想，我还压根儿没想搭她的车呢。房子。他奶奶的房子。

而那确实是一个为房子火线相亲的年月。无数男孩女孩在匆匆相亲，若再不加速，这辈子还是能找到老婆的，但再也分不到单位的房子了。因为有传，单位福利分房政策即将取消。而要分到房，诚如这"张爱玲"所言，必须结婚才有条件。

那天晚上我和"张爱玲"在格兰咖啡馆门前分手。很显然，即使为了房子，也得先对上眼，而我们则都在心里对对方说了声"PASS"。

我看着她把那对小灯笼挂在自行车把手上，骑过了马路。

元宵节快到了，大街小巷两旁挂满了花灯。我骑到江北大道的时候，听见路边一家小卖部的电视机里在说小平同志去世了。我跳下车，站在小店门前看完那条新闻。我想起很小的时候，有天我爸妈站在家门口听门外电线杆上的广播，然后对我说，感谢邓小平，可以考大学啦，现在不讲成分了。

1997年，我认识的身边各路中老年妇女对我呈现了相当的阶级感情，她们除了火速给我牵线搭桥，安排相亲，还七嘴八舌做我思想工作。

她们说，别挑了别纯了别太老实了，在中国什么都得抢前的，就是挤公交车也得抢着上，你这人，又买不起商品房，你只能赶赶自己的终身大事了，趁单位现在还管这事，立马结婚。

瞧着她们的干脆劲儿，一个瞬间我包办婚姻的心都有了。于是，那一段日子里我像一只被她们驱动的陀螺，旋转在与各类女孩相亲的忙碌中。

我没有起色的忙碌、凌乱，结束于一个雨天。

那天傍晚，我从外面开完会回到办公室，进门，看见一个女孩坐在我的座位上，正用桌上的白信笺折叠飞机。

我进门的那一刻，她刚好把手里的一只纸飞机抛向空中，它在空中飞了一圈，落在我的脚下。那女孩对我吐了一下舌头，说，不好意思。

你是谁？

宋珊瑚。

你找谁？

找你呀。

她站起来，高个，一头利落的短发，像个俏皮的男孩。她说，老牛让我来找你的。

牛哥？

她说她有一个朋友在广东，她那朋友和牛哥认识，所以牛哥告诉她那朋友，让她可以找我，因为朋友的朋友也是朋友。

看她自来熟的模样，我心里一热，心想，这老牛，人在千里之外，还惦记着帮我张罗女朋友？

哪想到她把一只包递给我。里面是一堆洗浴用品。

我差点傻眼。牛哥让她带这玩意给我？

她说，这是"爱丽"。

她说，这不是让你洗头发。

她说，这是一个机会。

她口齿伶俐，像个神秘又热心的说客，对我解释为何这些洗发水等同于"机会"。

她言语彬彬有礼，又极有煽动性。我听明白了一点，劝人买东西就能发财，发财还不是主要目标，主要的是建立一种人生的梦想，所以劝人买东西受益终身。

她的脸小巧有神，闪烁着激情。她告诉我，机会有时真是神出鬼没啊，你苦等时，它偏偏不来，现在，机会自己奔着你来了，抓不抓啊……

她说，我像你一样大学毕业后在单位苦等机会结果空等了几年，做梦也没想到现在会碰上这样的机会，这样的机会其实不只为了钱，是为构架网络、结交朋友、为了机会，有了机会就有了朋友就有了网络就有了……

她绕得像麻花一样的话，令我饶有兴趣，我问她："你发了吗？"对此，她皱了一下眉向我表示了应有的藐视。她耐心地指着窗外告诉我："你看看，你看看大街上，最多的是什么，是人！这座城市不缺人，人多了，机会就少啦，而传销却恰恰相反，传销是什么，是人，人是什么，是传销网络，是多多的机会。"我透过窗格子看出去，满眼是一张张下班后急于回家的脸。

我就这么认识了一个送上门来的漂亮女孩。

宋珊瑚说她属鼠。她是一个煽情女生，口才好，又活泼，又耐心，又不矫情。

她像一道阳光自降在我的面前。说真的，我上哪儿能搭来这样的女孩。我打定她的主意了。我发现，要与她混在一起，有一条捷径，那就是成为她的下线。

我毫不犹豫地成了她的下线。我买了她的一堆洗发水。

成了她的下线之后，我甚至不用找借口去泡她了，她自己会隔三岔五地送上门来。因为她得负责对我这个下线的培养。

我想，这真是太绝了，传销与找爱一同进行，既赚钱又泡妞。传销这玩意是谁发明的？

我劝宿舍里的其他哥们，快去买洗发水快去做传销吧，这是泡妞的好办法。

我跟着宋珊瑚去听讲座，我跟着她去见其他的下线。我们相互学习，彼此打气。"我们一定会成功。"我们差不多要对着街上那芸芸众生喊出声来。我兴高采烈，而她认为我还需端正认识。她说，做这一行不只为了赚钱，否则就赚不到钱，做传销首要的是对别人友好，真正为别人好，对所有的人友好，四海皆兄弟，像对同志一样温暖。

她说，当你观念变了，它就会改变你，让你变得更纯正，为别人着想，如果你要发展别人成为你的下线，你必须具备这样的价值观，即首先感觉自己是一个善良的人。

我笑她，你是在说你自己吧，你对所有的人都那么好，都那么客气，像春天的阳光一样温暖。

她咧嘴笑。

她告诉我她原来可不是这样的人，自从做传销以后，人变了很多，连她妈妈都发现了这一点。

我说，你常来找我，对我如春天般的温暖，我们单位的人都以为你是我的女朋友呢。

她笑得前仰后合，差点打翻面前的可乐，她说，这是博爱啊。

我嘲笑她："如果这也算博爱，那么就挺假。"

她吃了一惊，挺假？

我说，对呀，这么多天了，你有没有关心过我们这些下线到底是在怎么生活，成家了吗，住在哪儿，有女朋友了吗？我的意思是，虽然看上去彼此客气、热乎，但其实压根儿漠然，打心眼里对别人漠然，你什么时候真正过问别人了？

她好像被我搞迷糊了。她脸红了，说，感谢你批评我，我一定注意，其实做好传销，掌握好了与人沟通的本事，生活中你还会有什么难题吗？所以说，这是一种真正本质上的关心。

真是他奶奶的好有口才，我差点晕翻。她的绕功比我强得多。

她说，传销，锻炼的是你打动别人的能力，你练的是自己能否在几分钟内搞定人的本领，这和找对象不是同一个道理吗，有了它，谈恋爱还不是小菜一碟。

那么，你有男朋友了吗？

她脸色平静，说，我还不想这么早加入婆婆妈妈的行列，事业还没展开呢。

她借此鼓励我，其实我们在推广"机会"，推广"机会"首先得推广你自己，别人喜欢上了你，才会跟你走。

说得好像有理。

于是，那一阵我跟着她出没在城市的各处。像这一浪潮中所涌现出来的无数说客，我们对许多人说，给你一个机会……

我也变得越来越喜欢侃"机会"了，尤其是当看着别人的眼睛被自己侃得发亮起来的时候，这真是一件快乐的事。快乐到几乎让我觉得"机会"真他妈的已经来了。

而更多的时候，我喜欢听宋珊瑚他们这些老手侃"机会"，他们的侃法往往是先刺痛别人对处境的绝望，然后温和地伸手牵住他，说，一起来，我告诉你有个机会。

有一天，她拉我去湖光电影院听一个讲座，主办方先让我们看了一段电影。银幕上，一个孩子在爬，一个画外音在说：当我们年少的时候，对这世界没有畏惧，什么都敢于尝试，但当我们一天天长大后，为什么反而变得畏惧了，对世界失去了试的兴趣？

我听出来了这是宋珊瑚的配音，饱满，悦耳，有表现力。

接着在全场雷鸣般的掌声中，宋珊瑚从我身边站起来，走上舞台，她豪情万丈地说，今晚我讲的题目是：我有一个梦想，I HAVE A DREAM……

那一刻坐在台下的我差点自卑得滑到椅子下。我想我配得上她吗？

有一天夜晚，我和她从一所大学的教学楼开讲座出来，天在下雨，我们打的。出租车穿行在水光涟涟的街头。夜深人静，车上的收音机里老狼在唱："这城市已摊开她孤独的地图，我怎么能找到你等我的地方，我像每个恋爱的孩子一样，在大街上琴弦上寂寞成长……"我听得出了神，像在做梦。司机在接连不断地打呵欠。我听见宋珊瑚在问司机干这行累不累？司机说累。宋珊瑚说，其实，前些年我和你一样累，而且没钱，但现在我出门则可以打的了。她问司机干这行有几年了？都3年啦。那么3年前的你和现在的你有没有本质的区别？没有啊。那你就错了！3年本来是足可以改变处境的，你错的不是现在，而是3年前，3年前你就选错了，你现在需要的是真正的机会……

于是当车停在她住所的楼下时，那个司机决定跟着我们上楼去看"爱丽"。那天午夜，他成了我们的下线。

她在我眼皮底下一手创造了传奇，我不得不服。

但宋珊瑚的不烂之舌，也未必没有对手。有一天，我和她去少年宫广场参加一个传销聚会。春风拂面，满广场的年轻人都在说

"机会"，那场面让人热血到要沸了。我和宋珊瑚穿梭在人海中，说呀说呀，与他人分享"我有一个梦想"的心得。我注意到一个长相纯情的男孩一直在瞅着我们笑。

这男孩后来终于过来对我们说，我和你们不一样，我的体会是，发展下线像种一株树。他就从裤兜里掏出了一根粉笔，蹲在地上画起来。他先画了一根树茎，接着画根须，根须越画越长，他的粉笔在许多双脚下穿行。越来越多的人围绕过来看。他画呀画，一直画到了台阶下。根须包围了好大一片地。他还在画，画到我差不多要以为是行为艺术了，他才抬头，脸上有一个酒窝。他说，根扎得越深，树才会越壮。周围一片掌声。他起身，对我和宋珊瑚眨了下眼睛，笑道，要不去我家聊聊吧，我的发展方式和你们绝对不一样。

我们去了他租的公寓。进了门，里面空空荡荡，只有一张床垫铺在地上。他指着床垫，说，就是它。

闹到这时，我们才明白，他销的是床垫，和我们不是一样东西。

宋珊瑚问他，这床垫多少钱。这男孩说，3000块。

1997年的3000块哪。那时谁会花那么多钱买个床垫。

这清纯男孩，用他天真的酒窝和笑容嘲笑了我们。他说，我看着你们的时候，其实你们不知道我有多么绝望，你们得卖掉多少瓶洗发水，得费掉多少口水，才相当于我卖一张床垫？而如果你们做过床垫后，你们就知道干事不如干大的……

他的多快好省哲学至少打中了宋珊瑚焦虑的七寸。那天下午我们坐在他的床垫上扯啊扯啊，一直扯到深夜，累了，三人就倒在那昂贵的床垫上继续侃。窗外，小区里寂静无比，不知谁家的婴儿在孤独夜哭，我们喝掉了他一箱听装啤酒，吃光了他仅剩的两包方便面，三包榨菜。夜色中，命运一定在打量着它燃情中的小孩。一条闪光的机会之路，从窗子一直伸向城市的夜空。

到凌晨，我们累透了，三人合衣倒在那床垫上，我们听着彼此的呼吸。我能感觉到身旁的她在为梦想发热。她说有钱了就先去买部手机。她说她太想要一部手机了。她还坐起来，指着窗外，告诉我们，有钱了一定去买个大房子，这才配这床垫。我心猿意马，真想搂住她，亲亲她可爱的闪光的额头和她伶俐的嘴。有那么一会儿，我故意用手装作亲热地拎了一下她的耳朵，她打掉我的手，含糊地说，去去去去。

我们像说着糊话的小孩，守到窗外的天空中晨曦出现，鸟鸣叽喁。

接下来的日子，宋珊瑚常来我们单位找我。

隔壁办公室的刘姨只瞟了她一眼，就认定不靠谱。她悄悄告诉我，你们俩不是一回事，她心还野着呢，在这事上，你不能浪费时间了，都说咱单位有一批旧房明年上半年要分掉，真正的最后一班车了，你不能再不靠谱了。

刘姨说自己手头就有两个靠谱的，其中一个是幼儿园阿姨小桃，瞅着就与你般配。

有一天晚上，那个笑起来带酒窝的"床垫男孩"来我宿舍找我，他带着两位高个男生一起来的，说是他的老乡。

他邀我跟他们去喝夜老酒，于是一起去了。喝了几瓶啤酒后，那男孩上了脸，红彤彤的。他突然哀求我把宋珊瑚让给他。他说，我喜欢她，真的很喜欢她，我都没法做别的事了，对不起，我要追她。

我大吃一惊，郁闷地说，你要追她，那也得她答应啊。

他说，问题是她没答应。

我心想你动作倒是快的，抢在我前面对她摊牌了。我就有些心急起来，我说，我也喜欢她，你要我让给你，这也得她同意啊。

他说：我知道你整天黏着她，我问她，她不答应我是不是因为你？她就是笑，我都不知道这是啥意思。我求求你了，如果你不是认真的，就别老黏着她，我把那几张床垫都让给你。

我感觉好笑，说，我是她的下线呢，所以才跟着她。我也不要你的床垫，我卖不出去的，喂，你是不是没恋爱过？

他说，是的。

我说，难怪。

我还说，问题是她还没答应我呢，怎么让给你呢？

他那两个壮实的老乡在边上说，你们别这么磨叽了，要不打一架吧，你今天不是来打架的吗？

那男孩看着他们，摇了一下头。他的傻样子，让我忍不住安慰他说，我可不打架，这架是打不过来的，这人也是让不过来的，现在我明白了，她到处发展下线，到处放电，打她主意的人估计有一个加强连了，如果这么说，每一个人都是你的情敌哪。

"床垫男孩"睁着迷蒙的眼睛，说，你真的没打她的主意？

我说，我打主意的，但还是你勇敢，你已经对她摊牌了，我明天也对她坦白。

他听懂了，宋珊瑚和我还没成。他就和我碰了一下杯，忧愁地说，你可能也没戏。

第二天是星期六，我一早就往宋珊瑚那儿赶。一路上，刘姨还在拼命CALL我。

我找了个路边电话亭，回电过去，告诉她不好意思，我有急事，改天再去见那个幼儿园的妹妹吧。

刘姨就有些生气，她在电话那头说，你的事我不想管了，本来我都约好的。

我知道惹了刘姨不高兴，但我今天得向宋珊瑚摊牌啊，不能再拖了。

我跑到宋珊瑚的住处时，房间里正坐着一堆她的上线和下线，正聊着"机会""希望"。她坐在他们中间。我只好在他们外围坐下，感觉越来越无法忍受他们放光的眼睛和喋喋不休。

窗外一只收音机里在唱《心太软》。那歌听着欠扁，为何红成这样？等到他们都走了，已是下午五点。一下子静下来的房间里，仿佛陷入空虚，她给她自己倒了一杯水，向我走过来，她看着我，像发现了奇迹："嘿，你的皮肤真好，你这样子还用"爱丽"洗面液啊，太过分了。"

她没有一丝疲惫的痕迹，而我已心力憔悴。我假装想起了什么，一拍脑袋，说，啊呀，我今天忘记去相亲了。

她一扬眉，笑道，那赶紧去啊，还来得及吗？

她轻声调侃的语调，在我听着好像有戏，我说，不去了，我就跟你混啦。

她显然听得懂我在说啥。而我还是加了一句强调道，不是只做下线，是混混呗。

她愣愣地看着我，但马上就镇定了下来，然后她对我开讲了。她说其实她早已察觉了，但不好意思跟我说明。她说真的很不好意思，可能因为她这几年事业一直不顺，所以没有心情谈恋爱，所以很抱歉。她说她还没准备好心态，所以现在还没谈恋爱的心情。

真的没有。这属鼠的女孩摇头，看着墙，说，穷人是没有爱情的，一眼望得到底地这么守着，这样的日子有什么好玩呢？

我问她为什么这么说，她摇头无语，然后微微笑。我是多么不甘心啊。那一刻腰间的传呼机又开始鸣响，我低头看，是刘姨的电话。我想刘姨是对的，她眼光确实犀利。

宋珊瑚坐在我的对面，喝着杯里的水，而不知给我倒一杯。见我失望的样子，她嘴里还不住地说："不好意思。"

我在失望中环视她这简陋的屋子和桌上一堆传销笔记，竟也有些心酸。在这间像地窖的宿舍里，她的家什只有两只皮箱，一顶蚊帐罩着的行军床和叠在角落里的衣服，是露营的气氛，她好像随时都准备出发。

我说了一句，珊瑚，你到处对别人说"给你一个机会"，但其实你自己还不是一无所有啊，你哪来给不胜给的"机会"？

然后，我起身推门出去。

她跟在我的身边执意要送我。走到楼下，我说你回去吧。她没回。她非要送我到公交车站台那边。那天的18路车，等了很久都没来。她说，真不好意思，今天让你心情不好了。我说没事没事。我瞅着对面楼顶霓虹灯上方的那只正冉冉升起的大月亮，后来又转头看了眼身边这高个子女孩和她身后这异乡的城市，忍不住说，你也够苦的，原本我想我们可能可以有个家，我们单位要分房子了，60平方米，但好歹也可以算作一个家。

宋珊瑚同情地看着我。她的嘴角依然挂着固执。她告诉我现在的她不适合我，她不会为了60平方米放弃幻想。她说，也许以后会，但现在我还不甘心的，一个女孩在我这个年纪，不抓一把，一辈子都会后悔的。你不懂女孩子的。我懂了，我对她点头，车来了，我挤上去，我听见她在后面喊，喂，我们还是上下线。

刘姨晃到我的办公室，她用手指点着我说，如果不是看着小桃姑娘好，我真不想管你的事了。

我知道她不会不管我的。在这样一个年代，谁让她们是阶级姐妹呢。但愿她们别下岗。

于是，在新世纪来临的前夜，我开始听随刘姨指点的方向。

刘姨的方向指针是：般配，量入为出，合适。

她甚至扳着手指，为我排哪些女孩合适哪些不合适。比如企业里的、公司里的女孩不行，因为这两年下岗风险太大；写字楼里的也不稳定，飘来飘去的，万一没了工作要你养哪，你养自己都不一定养得好，怎么还养得好别人呀？这个社会以后怎么变都不知道，女孩单位的待遇你也不能不考虑，教师可以，银行职员可以，但漂亮的，肯定看不上你……所以，你要想好了，是要好看的还是要好用的？好看的，是要配英雄的，这个年头的英雄是那些老板，有钱人。

在20世纪90年代的尾声，她们的话打击了像我一样的男生，但我知道她们说得一点都没错。

我骑着车去见刘姨介绍的那个幼儿园阿姨。

那是一个胖女孩，她坐在城市中心广场喷水池边，脸上有温和的好意。

我们碰了面。她有些拘谨但还算镇定，我没有特别激动但也没有失望，本来嘛，大多数的相亲都这样开场。

我带着幼儿园的阿姨往湖畔走，走过华亭宾馆的时候，我想请她进去喝杯咖啡。她歪着头有点害羞地说，省省吧。

　　她叫黄桃。在我和她来往的那些日子里，她特别爱提醒我洗手，她对我说话的样子，像是在对小朋友讲话。她很节省，会过日子，这是一目了然的。与她见了两次面之后，她就带我去见她爸妈了。她家在江湾工人新村。那是建于20世纪50年代的一个很大的小区。我去的那天，看见很多老工人坐在陈旧的水泥宿舍楼前晒太阳，说着厂里的事国家的事。我从他们身边走过去时，他们对黄桃点着头，说："回来啦。那种我少年时代就熟悉的工厂生活区的气息，让我好像回到了家。"

　　黄桃爸妈原先都是链条厂里的工人，厂里没活干了，都回了家，她爸给人开出租车，她妈就待在家。黄桃家住在一楼，光线阴暗。她妈正在院子里晾晒桌布。她说她妈在帮饭店洗桌布。

　　黄桃说这些时没什么不好意思的。工人的女儿，朴素女孩，我同意刘姨的眼力，看得出这幼儿园小阿姨的确是做老婆的好人选。

　　有一个周末，我和黄桃约好在中心广场喷水池那边碰面。那天下班后，我先去彩印店冲了一卷胶卷，出来的时候发现停在门前的自行车不见了。我找了半天，也没找到。妈的，被偷了。我只好步行前往广场。

　　无数自行车从我身边掠过，下班者的铃声传响在城市的黄昏。我穿过了城市东部，快走到广场的时候，远远看见黄桃坐在喷水池的台阶上等我。夕阳正落在对面大厦顶层处的电子广告屏上。她好像低头在扳弄手指。我想她是不是等得有些心急了。

　　我走过去，向她摊手，说，我的自行车丢了，我是走着来的。她显然大吃一惊："你的车丢了？"我给她看手指上套着的那枚已失去了意义的车钥匙。她掏出一张餐巾纸让我擦脸上的汗水。我问她是不是等了很久。她笑着摇头，说，还好，我坐在这里看街景呢。我坐下，在我们面前，那块电子广告牌在暮色中跳跃，3000元一平方米，3500元一平方米，那些商品房的价格在1997年夏天与我们遥相对应。那么近那么远。我和这胖胖的女孩看着它们却饶有兴致。有那么一刻我发现她支棱着大大的眼睛，像在出神。我问她在想什么。她像一只被惊了的兔子说，它们好贵啊。

　　我问她属什么呀？她说，属鼠。我说，我还以为是兔子呢。她说，有什么说法吗？我说，没哪，听说属鼠的人善于积蓄财富。她说，真的啊？

　　这女孩整天与孩子在一起，表情带着纯甜。估计她带着孩子们玩耍时一定活泼可爱，但她和我相处时言语不多。我知道这其实很正常，因为她每天面对的是一群咿呀学语的小朋友，时间久了，自然不太会跟男生谈天。

我们在广场上碰头的那段时间里，我注意到广场广播里翻来覆去放的就是那么几首歌，其中有一首是那年正红的《笨小孩》："哦……转眼间那么快这一个笨小孩，又到了八〇年代，三十岁到头来不算好也不坏，经过了九〇年代，最无奈他自己总是会慢人家一拍……"夏夜的风和歌声掠过广场，仿佛都吹到了脸上。她发愣时的侧影让人怜惜。我搂住她的肩膀，问她还想去哪儿走走。她摇头说，坐一会儿吧。

我们坐在傍晚偌大的广场上，好像在喘上了一天班的累气息。我知道黄桃也在悄悄地打量我。而当我俩的视线碰到一起时，她会慌张地避开。我告诉她人与人其实是配好的，就像我爸与我妈，我爸是老黄牛，我妈是牛鞭子，他们常吵架，但谁也离不开谁……她捂嘴而笑，没头没脑地告诉我，他爸最近这几天跟邻居闹了不开心，是关于隔壁人家搭违章建筑的事。她没往下继续多说，我也没在意。

那天分手的时候，她把自己的钥匙塞进我的手掌。她说："你路远，骑我的车吧。"我就骑着她的车，先送她回去。沿街灯火照耀。身后这女孩搂着我的腰，估计又在发愣了。我开始拼命踩车，我想，这一回我能成家立业了。

　　那一阵子，晚上我和黄桃约会，而白天宋珊瑚仍会来单位找我。

　　因为是上下线，还因为她喜欢和我聊天。

　　她大大咧咧、没心没肝的洒脱样儿，甚至让我有点盼着她来。但隔壁刘姨的脸色很难看。我心想，人是需要聊天的，我只是跟宋珊瑚聊聊天而已，连红颜知己都谈不上，就更谈不上暧昧了。当然我也知道这不太好，因为我现在最需要的不是红颜知己，而是老婆；我现在最需要与之谈开来的不该是宋珊瑚，而是黄桃。我知道这一点，但我还是无法遏制与宋珊瑚瞎扯的兴趣。

　　当然，这在刘姨眼里肯定是脚踏两条船的借口。

　　两条船？OMG。好像心态上还真有点。

　　有天夜里，我甚至做了一个奇怪的梦，我看见自己坐在小学的教室里评选三好学生，黑板上只写着好多以前同学的名字，包括我自己的名字，甚至还有"宋珊瑚""黄桃"，我急得满头是汗，不知该投谁……我醒过来想着这梦，觉得离谱，找女朋友又不是评三好学生？这么胡思乱想着，天都快亮了，接着，我就吃惊地发现了黄桃与宋珊瑚其实很相似——那就是与我们许多人性格常会随风改变不一样，她俩是骨子里已定型的那类女孩，她们不太会改变，她们会沿着自己的路子走下去。

一个现实，一个幻想。我当然知道我在哪个点上犯迷糊，而且在犯傻，但我确实想不清楚该投谁的票。

也可能这是因为我自己想不清楚自己该是哪一类比较好。

香港回归的那个晚上，我约黄桃去江边看烟花。我早早地去幼儿园门口等她。我看着一个个粉雕玉琢的小朋友被家长牵着从那门里出来。幼儿园门口种了一大排绣球花，我等了好久，她也没有出来，我随手摘了一大朵粉红色的，进去找她。

我看见她们园长跟她正在教室里说事。我不好意思地把那朵绣球花藏在身后。那园长见我来了，笑着朝我点头，然后转过脸来对黄桃继续交代事儿。我赶紧悄悄把那朵花抛在教室的窗台边。

园长后来走了。黄桃锁了门，准备跟我一起离开。她看见了那朵落在地上的花，说，花，咦。她就俯身把它捡起来。她说，这里怎么有一朵花？是你摘的吧，给我的？

其实我眨眼间已把这事给忘了，正急着带她去江边。我看着她手里的花，支吾道，嗯，看见你们头儿在，没好意思。

她说蛮好看的。

那天晚上，她就抱着这朵硕大的绣球花，跟我一起挤在湖畔的人堆里。一朵朵烟花在我们头顶升起，照亮了她的脸颊，像个胖胖的甜妹妹，四下万千呼声，人多，太挤了，我就用手臂围住她的肩。人潮中，她让我拥着。后来我发现她没在看烟花了，而是在盯着我的脸。我对她笑，她脸上有几缕嗔怪的表情，她好像对我说了句，你对我又不好。四下喧哗。我有些愣了，我说，你说什么？她说，你对我不是太好。我说怎么啦。她说，你从来不抱紧我。我恍然，赶紧抱紧她，双手搂着她的腰。她的脸上在笑，她说，我没谈过恋爱，但我知道恋爱不是这么谈的，你对我一点都不亲密。我像被她刺了一下。我想，你今天不是挺会说话。我抱紧她趁混乱亲她的脸，她害羞地扭头，我就亲到了她火热的嘴，我感觉到了她的兴奋和我的兴奋在飞快地涌来。我不停地亲她。她抱紧我的腰说别人看见了。我说，看就看吧我们在庆祝回归。那天晚上，我想把她往我的宿舍带。这个念头自我在人堆里亲了她以后就一下子变得如此强烈。我想，同屋的小李今天回老家去了，宿舍里就我一个人。可是她不肯。她说她妈要骂她的。

　　我们后来搂着在街上走了很久，一路上从家家户户的电视机里传来了直播回归仪式的声音。我们不时停下来亲吻。她的脸热火朝天。我知道她其实还在犹豫到底跟不跟我去宿舍。但这姑娘后来还是没去。那天她比往常说的话多很多。她问我，你说我们合不合适？你是大学生啊。我说，怎么不合适，你在幼儿园管小孩，我在老龄委管老人，分管人生的两头，是绝配吧。她就笑，可能觉得我这话很妙。她告诉我说，你别以为我不聊天就啥也不知道，其实你和你那些朋友讲的那些东西我也懂，只是我不喜欢聊天，人为什么坐下来就一定要说话，哪有那么多东西要嘴上说的。我安慰她，聊天只是交流，交流不一定非要靠嘴。我拉她过来，一下子亲住她笨拙的嘴巴。然后，透一口气，说，靠嘴唇也行。

然后，我故意赶紧快走，她就在我后面追，说，你真坏。

有一天下午，我CALL她，想晚上约她看电影。她没回。

到晚上的时候，她回过来了，说她在医院里，她爸住院了。

什么病，要不要紧？

她在电话那头支吾着，说，没事，你不用过来，我爸和邻居家打架了，被人打伤了。

我赶紧奔到了医院，才知道黄桃她爸被人捏伤了睾丸。她把我拉到她爸的病房门外，涨红了脸，说，是隔壁家那个"三陪"那个吧女那个"鸡"干的，很不要脸。

她告诉我今天下午的时候，她爸和隔壁那家人又吵上了，那家人不仅在她家东边搭了违章建筑，还准备在院子里再建一个水泥大棚，这样就会完全挡住她家的光。他爸以前跟他们理论多次都没用，而且那家人嘴还很凶，今天两家又吵了，吵凶了，那家的男人拿了把菜刀过来，威胁她爸，被她爸一拳就打翻在地，哪想到，那家的女儿正在家里睡觉，穿着睡衣冲出来，手指直捏过来，像头母狗，那女的是做"三陪"的，名叫金彩，是做"鸡"的。

黄桃站在医院的走廊里，满脸忧愁。她告诉我那"鸡"原来还是她小学同学呢，小时候两人多要好啊，每天一早还结伴去上学，后来中学毕业了，那女孩去南方转了一圈，回来后怎么就成这样了。

黄桃说，那个吧女，也可能是觉得我们鄙视她，平时居然神气活现的，估计是她觉得她有钱，还看不起我们呢，觉得我们土，呸，不就是做"鸡"的吗。

她难得说这么多话，可见她确实气炸了。我说，那你家怎么办？她叹了一口气，说，算了，我对我爸说算了，我们搞不过她们的，这个吧女，平时在外面搭了一堆不三不四的人，我们搞不过他们的，搞大了只会让自己更生气。

但这么算了，总有点不甘心。她心情低落了好多天。于是我对她说，要不我们一块去她在做的那家娱乐城看看，看她是怎么卖的，看她那不要脸的B样，你会好过一点。

于是我和她去了"金光帝豪"娱乐城。第一次，我们没遇上那个金彩，我们坐在歌厅闪烁的光雾中，黄桃拘谨得好像时刻想跳起来逃走，因为她说她怕，很紧张，怕什么？怕碰上那个女孩。

她说，我想来看她的笑话，但坐在这儿，自己先紧张了。我说，应该是她怕你看到她干这营生才对。黄桃说，是的，可是，我还是紧张，我也不知道为什么怕她。

我当然理解。

她说，金彩平时邪邪的样子，就让我不自在，真的，平时她拎着那些老贵的东西给我看的时候，不自在的总是我，可能是她觉得自己比我们有钱，在我们面前透着得意，我们新村里的人说，她还吹自己和公安局的都睡在一起过。

我安慰她，说，就算白天不懂夜的黑吧，你一幼儿园的阿姨怎么懂一个"三陪女"呢？

第二次去"金光帝豪"的时候，还真让我们遇到了那个黑衣女子金彩。她坐在吧台上，在涂口红，身边有一个胖男人。后来她扭上了台，唱歌，一群男人对着她在台下像"嗡嗡"的蜜蜂，她在台上讨花篮。后来她一边唱一边舞到台下，坐进了那个胖男人的怀里。那男的往她胸口里塞了一把钱。她后来舞到了我们面前。她好像没看见黄桃。她向我这个方向的人连声说感谢，她做着媚眼，在人堆里拧一把掐一把地搞气氛，她说，你们喜欢不喜欢《恰似你的温柔》啊，我献给大家。她扭着，唱起来。她突然一屁股坐在我的腿上，搭起她的长腿，丝袜子里也隐现着纸币。她说她要开始放电啦。这位哥哥，告诉我，你的妹妹不会吃醋吧。今晚我们不许吃醋，我们吃酒。她提起桌上的啤酒瓶想往我的嘴里灌。许多客人在起哄……黄桃推开她，拉起我就走。我们奔向娱乐厅的走道和门口。黄桃拉着我拼命地走，她眼睛里憋着眼泪。那个金彩居然也跟在我们后面跑，还一迭声地叫着，她说，小桃小桃，你今天一进门我就看见了，小桃小桃，你这样干吗？她冲到了我们前面，手往自己裙子下面撩了一把，掏出了凌乱的一把钱，说，小桃，我知道你恨我，你爸的事我也知道不好，这点算是医药费吧，小桃，穷人干吗要为难穷人，咱们还是初中同学呢。

黄桃甩开她的手，拉着我奔出了娱乐厅的门。

有一天傍晚我去黄桃家，听见从隔壁金彩家院子新砌的棚子里传出唱圣歌的声音。

我问，他们在干吗？

黄桃妈说那是金彩她妈妈的一帮教友在做礼拜。我不懂她们在唱啥，但隔着一堵墙，那空旷的歌声在夜色中的工人新村里飘着，有一种魔幻感。

我问黄桃妈妈隔壁那家人既然信教，怎么这么霸道。她说，那女人生了一儿一女，男孩偷了人家的东西，被关到了监狱里去了，女孩做了这生意，可能是她心里难过吧。

她难过？黄桃不同意这观点。她说，不会吧，她不是到处在吹她们家现在有钱吗，她觉得你们看不起她，她还看不起你们呢。

黄桃家院子里的阳光被隔壁棚子给挡了，黄桃妈妈只好把那些桌布挂在小区的路边。后来小区不让晒了。工人新村里的人们给老实巴交的黄桃家出主意：找媒体去，老百姓没人找的时候，找新闻媒体来曝曝光。

黄桃问我在新闻单位有没有认识人，我想了半天。想起来了，原来机械厂的老同事林姨好像有个弟弟在晚报。我说，我去找找她吧。

林姨已经提前退了。她说你离开厂是对的，现在我在家没事儿。我就把黄桃家这事告诉她，说能不能想想办法。她说，我弟就是跑公安、城管、卫生这条线的，应该找得到人。

两天以后，金彩家的棚子被拆除了。

据说，"拆违办"的人来拆那棚子时，金彩妈环抱着手在边上看，笑着告诉周围的人，她家已在外面买了一套房，180平方米，在装修，以后这边的旧房子出租，他们要住得远远的。

转眼就到了1998年，我和黄桃越来越奔向明亮的终点。

如果能赶进5月扯证，那就能冲上单位分房的最后班车。好戏在前面了。虽然就结婚本身整个进程而言，这好像快了点，因为我和她相识才半年多一点。

是快了点。怎么对她晓以大理，让她同意就这么快地跟我结婚呢？这事怎么说出口来，都显得太直奔主题了。是不是？

后来我琢磨了一堆理由，硬着头皮跟她谈了。我说，5月前可以去登记吗？

而她好像早知道我会跟她交底这条时间的红线，因为她一点都没显惊讶。我心想，早知道她会懂事成这样，那我就根本不用费神为"为房扯证"琢磨那些理由了。

让我觉得更爽利的是，她不仅没显惊讶，甚至还反过来打消了我的犹豫和多想。

她说，房子总是要的，本来这也是个机会呀，现在我的一些小姐妹都这样认为了：分房是给结婚一个机会，现在谁会无缘无故地去结婚啊，分房刚好是结婚的一个理由呀。

真是靠谱的好妞。我看着她圆圆的脸，觉得她真懂事，我问她想要件啥礼物，扯证那天咱一起去买吧。她想了好一会儿，说是手机。我说，好。她又问是不是太贵了？

那一年手机开始降价，人人都狂爱手机。我说，我还买得起。

1998年春季，我们与无数青年一起向扯证发起最后的冲锋。那年春天，似乎是为了烘托这一划时代的情感新动态，爱情大片《泰坦尼克号》向我们开来了。

影片反响剧烈。银幕上，当罗丝将杰克冻僵的手指一个一个扳开，杰克的脸渐渐沉入夜色中的海水，罗丝带着恋人的赠言游向救生艇微弱的灯光，银幕下，我身边的黄桃泣不成声，我搂住她，吻她的头发，甚至我把手探进她的衣服，她也无暇反应。

她说太好看了。

于是我陪她去看了三次这艘"大船"，共花了120块钱。她还想看，我笑她，你还以为是真的吗？那是电影，你可别进入角色哦。我告诉她这样的故事在生活中可不像电影里那么容易企及，这也没有什么不好，本来嘛，幸福可以高深莫测，也可以简简单单的，就比如咱们是相亲，他们是艳遇，说不定还是我们太平。

她不会像我一样说话。

她议论电影时有点语无伦次，但她从电影里看出来的东西，有时让我发愣，甚至有点自弗不如。比如，她说这电影最好看的段落是最后"罗丝把杰克的手指扳开"。她认为这很好，罗丝游向新生而不是殉情，这很真实，现在的人都会理解的，自己是不能死的，恋人的遗言对新生活也很有用，照顾好自己也是对得起别人……另外，她说印象强烈的还有电影里的"等级差别"，比如头等舱和末等舱界限分明，每个层次的人，不得逾界。

我叫起来，不平等有什么好玩的？

这憨厚的女孩说不清楚有什么好玩。她想说清楚，但她说不清楚。

4月下旬的一天，我在街头与宋珊瑚偶遇，她风风火火地正要往哪里去。我们相互说了一声，嘿，好久不见。

我说你在忙啥，好久没来我这儿了，还做传销吗？她惊讶地看着我说，怎么你没听说啊，国家不让做了。接着，她就没再对我讲传销的事了。她说她正准备与一群哥们介入信息高速公路，互联网，你有听说过这玩意吗？

她的脸神一如以往的兴冲冲和急匆匆。我笑道，我是问你现在要去忙啥？

她说她正要去买彩票，在江北体育场，今天下午搞"即开型彩票"大摸彩活动。她问我，你一起去吗？

站在街边，她眼睛放光，鼓动我跟她一起去。

她说，你不知道吗？这一阵子"即开型彩票"火翻全中国了，当场买，当场刮，最大奖二十万元，外加一辆车，前两天，我认识的一哥们，一下子刮到了五万元。

她嘴上有风暴的气势，神话仿佛在街边蹦着，吸引着我跟着她去看西洋镜。我们转了三辆公交车，到了江边。好多人啊，我怀疑是不是全城一半的人都在往江边这里赶。我和她挤在人流中，往大桥上走，到江北去。人山人海，声音沸腾，走到大桥的中段时，许多人都叫起来，桥摇了。真的桥是在摇。我感觉惊恐。数万人赶紧一动不动地站住脚。人太多太重了。有人在喊。脚下是滔滔的江水。无数张脸上交替着狂热和恐惧。宋珊瑚拉着我的手。那一刻我感觉是不是又在做梦了。

后来我们往桥两边撤。分批过桥。过了桥，发现人太多，还是无路可走。于是我和宋珊瑚跟着一批人翻过一个小山丘。当我们满脚泥泞地杀进体育场时，我发现偌大的体育场内，地上像下了一场大雪，全是刮过的、白花花的彩票。空中，王菲、那英在唱："昨天激动的时刻，你用温暖的目光迎接我，迎接我从昨天带来的欢乐欢乐，来吧来吧相约九八，来吧来吧相约九八……"

我和宋珊瑚赶紧挤到服务台，掏钱买彩票，一边买，一边刮。我花掉了600元，她花掉了800元。我们刮出了一只钢精锅和一袋茶叶。后来我们站在那弥天的彩票天地里，看着对方，实在忍不住，笑出了一阵疯狂的声音。

那天回来的时候，宋珊瑚捧着她的那只钢精锅跟在我的屁股后面。在浩浩荡荡的人流中，高个、利落的她抱着这只可笑的锅子，像个主妇。她说，我又不做饭，你要不要？我摇头，说，你留着吧，终有一天，你是要做饭的。

她没听出我在笑话她。她在人群中吃力地走着，噘着嘴是因为她今天实在很累。人太多，我们搭不上公交车，我们只好走啊走啊，一直走了十公里路，走回了市中心。

我在心里笑话她。

但我没能笑多久，因为第二天黄桃突然说要跟我分手。

我都蒙了。这是哪一出啊？我想她在开玩笑吧。但她这人不太会开玩笑。我问，怎么了？

在电话里，她哭了起来，有点说不清为什么，只是反复说她妈看到我和宋珊瑚了。

我傻了。

黄桃告诉我昨天下午她妈去金峰宾馆送桌布，看到我和宋珊瑚在逛马路，原先也未必会注意到我们，是宋珊瑚捧着一只锅子，在路人中很显眼。黄桃说她妈骂了她一整夜，说她没长眼睛……

我拿着话筒，语无伦次，连声喊冤，黄桃不听，她搁掉了电话。

于是，在那天接下来的时间里，我拼命CALL她，她都没回。傍晚的时候，我去黄桃家找她。他爸见我来了，沉着脸说，黄桃不在。我刚想说我在这儿等一会儿她。没想到，他爸突然抬手给了我一个巴掌，他把我按到墙上。我挣开他的手，说，你搞错了。他哪能听得进。他说，你别以为我们是工人就好骗，你别以为你是干部了，就可以来捉弄我们工人家的女儿，你别以为我们是大老粗，就不会心痛……我拼命点头，因为他涨得黑红的脸，包括他的力气都让我难受。

第二天，我捂着红肿的脸去上班。我没敢看隔壁刘姨犀利的眼风。我想我是怎么回事啊，节骨眼上把这事搞砸了，这后面该怎么办。

接下来，连着一星期，黄桃都不肯见我，也不接我的电话。

后来我知道那一阵她其实是在犹豫。

有一天她终于给我CALL机留了言，说她想好了分手，让我别再找她了，她祝我好运。

接着，有天中午隔壁办公室的刘姨过来对我说，也可能你和小桃确实不合适，是我过于着急了，这事先冷一下，也未必是坏事。

她的话有些反常，因为她语气平静，眼里没有了对我的责怪，而有一丝悯意和安慰的调调。

后来我才知道刘姨为什么这么劝我。

黄桃妈看见我和宋珊瑚在一起只是这事的起因，黄桃爸反对只是这事的压力，而黄桃改变主意的最后一根稻草，是那些天她去参加的一个中学同学会（她和我说起过，只是我没在意）。在同学会上她遇到了初中的同桌，一个当年成绩很好的矮个男生，如今在电视台工作，往事召唤，所有"同桌的你"的感觉一刹间全回来了，那男生想跟她好，也很急，因为电视台也要分房了。

所以，后来刘姨对我说，你呀，你这边不早不晚这么一出岔子，那男孩那边又表示想追她，再说本来就是老同学。这就有了比较。比较，总是发生在动摇的时刻。这怪不得别人。换了你，也会这样，因为你没让人定下心来。

刘姨说得完全对。我承认。我清晰地看到了自己的活该。

刘姨劝我算了吧，她说，电视台要分的房子地段比我们老龄委好，而且是新房，100平方米……那男孩的爹是心血管专家，名医，要不是那男孩长得特别矮小，早被人家抢走了，一个下岗工人家庭，要攀上他家是缘分，全靠了他们是同学。

刘姨说得没错。我不怪黄桃，要怪只能怪自己。是我一会儿想扯证，一会儿又想聊天，结果把事儿搞得一团糟，否则她该会跟我去办这个证的。

这个实在的女孩绝对不是傻瓜。我越来越懂她了，因为我懂自己，而人是一样的。人为什么要在乎条件，那是因为对感情没把握，所以才比较条件。

5月，我终于等来了单位分房的最后一班车，而它擦着我的肩膀呼啸而过。

也在那个月，我听说黄桃结婚了。犹豫了半天，我坐在办公室里还是给黄桃打了个电话。

没想到，这一次她接了。

我祝贺她新婚大喜。而她在那头立马哭了起来，问我怪不怪她浪费了我的时间。

　　我说，就算不怪吧，我会有房子的，祝你过得好吧。

　　她说，你得实在点。

　　我说，我会实在的。

　　窗户外雨点密集。随后而来的1998年夏天，整个南方都在下雨。

/ Chapter /

5

孤
单
恋
人

1998年福利分房的最后末班车与我擦肩而过。

赶上车的人都走了。留下落单者还滞留在单位的集体宿舍楼里。走廊上人越来越少，偶尔，彼此迎面而遇，眼神里都有会意：既然这样了，那就不急了，守株待兔吧。

是的，反正明年就是新世纪了。重头再来吧。

有一天深夜，我听见走廊上有人在拼命地拍打老姑娘米亚的房门："米亚，你出来！你这个骗子。你出不出来？骗子。"

夜晚空寂的走廊把这骂声放大了十倍，显出做梦般的荒诞。

这家伙扯着嗓门，在说她是个骗子。

我听着听着，发现他说的她不仅骗情感，还真的骗钱。

他说，她骗了我16000块钱……

我相信，这楼里，除了躲在门内不吱声的米亚自己，每个被从梦中吵醒的人都在被窝里想这两个问题：她从哪儿招惹了这么个家伙？看她平日孤芳自赏的，原来在外面……

那人还在说，各位，她是骗子，我今天就给她抖出来。

我没让他多抖。这么吵吵嚷嚷还让不让人睡了？我起床打开门，把那伤心男子往楼梯那儿推。我说，行行行，咱到公安那边去报个案，说咱被人骗了钱骗了心骗了色。

我把他推出了我们单位的宿舍楼。

第二天傍晚，我在走廊上遇见米亚，她低着头贴着墙根从我身边走过去，压根儿没有搭理我的意思。

谁都知道，她怕人对她提昨晚的事。

谁都知道，她怕见人看着她含意丰富的眼睛。

她走进了她自己的房间，隔了一会儿，我听见一阵"叮叮咚咚"的乐音从那里飘出来，悦耳清新，是她在弹木琴——《火车向着韶山跑》。

半小时后，琴声平息，她从房间里出来，背着个书包，抱着几本书，又从我身边走过，当时我正在走廊里用电炉给自己煮一碗年糕汤。

这次她理我了，她问了一声："你煮冬瓜？"

我想她的近视可能加深了吧。我"嗯"了一声，随口说，你出去？

她说，我去上课。

这楼里谁都知道晚上的时候她总是去上课，上各种培训，考各种证，英语的、司法的、心理师的、财务的……

要考那么多证干吗？要上那么多学干吗？我曾在这走廊上听人这样跟她打趣。潜台词是"别再读了，多好的夜晚啊，应该去玩"。而她的回答对于我，可能有些矫情，对于她自己，则非常不俗：晚上坐在那儿的人都是向上的，坐在他们那儿，能感觉自己是好的。

这下，你明白了吧，昨夜那男子嘴里的她，对于她是致命、颠覆性的一击。

我用铲子搅了一下锅里的年糕，发现她还没走。她站在我的身后，好像也在看着锅里。我回头。她对我轻声说，昨天算我倒霉，那人变态，我跟他没结果，他就来讨恋爱成本了，吃过几次饭喝了几次茶，都算成了钱，全成了欠他的账。

我不知如何劝慰，就说，是个小气鬼。

她说，真的非常农民。

我相信如果不是我昨夜暗中帮了她，她绝不会跟我说这么长的句子。

因为她平时很少跟我们说话。

作为这楼里资深的女滞留者，她总是独来独往，拖着她自己的影子在灯光幽暗的走廊上静静地进出，没人能走近她，她也不会让人走近问她这问她那。

万一问出了一堆尴尬呢？

有一个星期天上午，我又在走廊里煮年糕的时候，米亚又从房间里出来，这一次她手里拿着一大网袋水果，还抱着一床棉被，一包毛毯。

我看她走得歪歪扭扭，就问了一声，要帮忙吗？

她侧转脸，说，那谢谢你。

我关了电炉，接过她手里的棉被和毛毯。她说帮她拎到楼下大门口就行了，她打车。

我问她，你要从这里搬走了？问出口后，我想自己是否问多了。好在她回答得挺爽快，她说，没，我去医院，我妈住在那儿。

我帮她把东西拎到了大门口，她向马路上招手，想打车。可是这一天的这一时刻，门前的这条路上没有空车，打了半天也没打上。她对手里抱着被子的我说，要不你先回去吧，我慢慢等。

被子怎么能放地上？外面又没用塑料袋包裹。我说，我等车来了吧。

又等了大概20分钟。她说，算了，我去坐公交车，你把我送上车就行。

公交站台就在我们宿舍楼大门的旁边。她要乘坐的18路车来的时候，车上人挺多，见这个样子，我只能好事做到底了——帮她把东西拎上了公交车，然后跟着她一起把东西送到医院去。

到了医院门口后，换了谁都不好意思立马转身就走，我表示帮她把东西拿到病房去，顺便看一下她病中的妈妈。对此，她开始时推辞，后来看我坚持，就一迭声地表示感谢。我说，同事嘛，不说客气话。

于是，那天我见到了她妈。她妈戴着眼镜，像个文气的中学语文老师。她看着我们一直在微笑，眼睛透着明朗的光泽，脸颊上有红晕。我看不出她有生病的样子。她还老是把嘴巴贴到米亚的耳边说悄悄话。

后来，走出病房的时候，我对米亚说，你妈不是挺好的嘛？

她瞅了我一眼，说，一阵阵的。

我们穿过一楼门诊大厅喧哗的人潮。她说，今天你看着她不错，那是因为她今天比较开心。

　　她告诉我，她妈妈得的是抑郁症，这病其实不是心理病，但心情好的话，病况会好许多。

　　我们坐18路公交车回来。在宿舍楼大门口下车时，她说她不上楼去了，要去趟外婆家。而我说我得赶紧上去，继续煮那锅年糕汤。

　　她脸红了，说，但愿它还没煳掉，哦，谢谢你，真的，我妈今天很高兴，她把你当我的男朋友了。

　　不会吧。我说，心里想笑。

　　而她有些傻乎乎地说：真的。

　　瞧她这实在劲儿，不说我好心好意为她拿东西，而把我说成了一剂药的功效。

　　因为有了这一次，她跟我有些熟了，接下来，她还邀我帮她拿了几次东西去医院。

　　我心里清楚，与第一次歪打正着不一样，如今她让我帮忙，是有意图了的，对于她妈。

　　对于这样的意图，不知你觉得拒绝好不好？

而我心想，我譬如当年地下党扮"假夫妻"，去发挥疗效吧。

帮了她几次忙后，她表示想请我吃饭。我说，你这么客气干吗？算啦。

她视线闪烁，说，很感谢。

没说透，是知道彼此都心领神会这作为"药剂"的功效。

只是，这是长远之计吗？我都快忍不住对她说出来了："你真去找个男朋友不就得了？"

因为我不知如何拒绝，也因为这毕竟是善事，所以在陪米亚去医院看了几次她妈后，她有些得寸进尺了。

有一天，她拖着一只纸板箱，经过我的门口时，探头进来问我能帮她把这只纸箱抬到她外婆家去吗？

你外婆家？

她说，是的，我外婆家离这儿不远，走过去不到10分钟，打车的话，几乎没司机肯跑这点路。

于是，我推着自行车，让她扶着放在后座上的笨重纸箱，去她外婆家。

我问她，箱子里放了什么，这么重？她说，用不到了的一些旧东西，包括书。我说，用不到了的东西你还拿到你外婆家去？她家很大？她摇头说，不大。

她外婆家在夹衣巷，陷身在一片尚未拆迁的破旧平房区，老式的木质结构房子，是那种祖上留下来的私屋，屋内光线幽暗。米亚让我把纸箱抬进了堂屋右侧的一个角落，那里已堆了很多类似的旧物，有废品收购站的气息。

屋子里有一个中年女人在看着我们，嘀咕了一声："什么东西又要搬进来？"

米亚没理她。米亚带着我钻进了堂屋左侧的一间小屋。她外婆住在那里。老人瘫痪在床，已经89岁了，见外孙女来看自己了，老人嘴里呢喃着"亚亚，亚亚，外面天黑了吗？"米亚大声说，没哪，外婆，外面太阳很大呢。米亚凑到老人的面前，嘀嘀咕咕说着什么，然后从随身的包里掏出几包"玫瑰酥糖"，放在老人的枕边。小屋里有久病老人的气味。见她俩说话一时半会儿没结束的样子，我就从小屋出来，坐到了堂屋的一张小椅子上。我的眼睛已适应了这房子里的光线，我发现那个中年女人在打量我。我向她笑笑。她向我讪笑了一下，避开了视线。

后来，米亚终于两眼通红地从小屋里出来，带我离开了那儿。

在回来的路上，她对我解释她的伤感，她说，不好意思，每次看见我外婆，我跟她都会哭一场。

她说，我外婆脑子越来越迷糊了，她甚至常常记不清她自己的女儿是在这座城市还是在新疆，而其实她的女儿现在在医院里。

她说，虽然外婆记忆消退，但她记得最清楚的是我，因为我爸妈年轻时插队新疆，我从小就被寄养在老家外婆身边，老家这边也是一大家子人，舅妈他们是不喜欢我的，外婆为了我不知跟舅妈吵了多少架，所以现在哪怕外婆脑子再迷糊，她最放心不下的还是我。

一向独来独往、自闭姿态示人的米亚对我说这些，让我又意外，又眼生。也可能她才从那幽暗、感伤的屋子里出来，情绪需要一个出口。

她说，那个中年女人是我舅妈，很小气的一个人，她认为这老屋没我妈、没我的份。

她说，凭什么呀？当年一户人家只有一个子女能够留城，我妈正是为了我舅才去西北插队的，这一去就30多年，吃尽了苦，去年退休了才回来，可是，我舅舅、舅妈不想让她住这里，跟她吵，但这儿是她的家啊，凭什么这房子就没她的份。

她说，后来打了官司，我们争来了16平方米，我妈就挤住进去了，但也受了气，她的病就是这样被气出来的。

她说，我爸还在新疆上班，他也是这座城市出去的知青，他退休后也会回来，所以，我们得保住这16平方米。

她说，这16平方米虽然小，但这里可能会拆迁，所以我们得保住它，这样我们也才会有拆迁费，有了拆迁费，我们才有可能去买房，所以这老房子也是我们一家三口在这城市里的立足点，但愿我外婆能坚持到我们一家团聚的那一天。

在我们回去的路上，她说着这些，让我同情，但也惶恐。当一个你并不太熟悉的人，这么突然地告诉你她身后如麻的乱线时，你也会惶恐的。因为你不知道她以后会不会后悔，会不会觉得她自己没面子。

我想转移她倾诉的情绪，我说，一看你舅妈盯着我的眼神，就知道是厉害角色。

她说，没准她也把你当作了我男朋友。

不会吧。我嘟囔。

她笑了一下，说，也好，堵堵她的臭嘴。

米亚觉得我挺不容易的。她口口声声要谢我，想请我吃饭。我知道她没多少钱，她妈又住院，要花钱，我就推辞，说，省省吧，同事不用客气，就当我做好事了。

她说，那好，哪天你需要我帮忙的话，我一定帮你。

我心想，哪会要你帮忙。

但我想错了。没过多久，我苏州的一个表弟结婚，喊我去喝喜酒。那正是我这一生最惧怕喝喜酒的阶段，因为同辈表兄弟们都已抱着小孩了，而我还形单影只。想到在喜宴上将会被人问来问去，我就心烦。在出发去苏州的前一天，刚好米亚又来让我帮她提一些东西去医院，于是我就开口了，想让她帮个忙，跟我去赴宴，当一天"女友"。

米亚闻言，咪咪地笑道，好啊，互帮互助。

她就跟着我去了苏州。一切顺利。人前人后，太平无事。我甚至从容应对了亲戚长辈关于我跟"女友"何时结婚的问题，我说，新世纪吧。

只是有一点我没想到，我大舅竟给了米亚一个厚厚的红包，说是见面礼。

我大舅是开丝绸厂的，我不知道那个红包里装了多少钱，但肯定不菲，不会是小数字。而米亚居然真的收下了，放进了她的包里。

在回来的路上，她对此只字不提。后来连着几天，她都不提这事。我想哪有这样的道理。她又不是我女朋友，她起码该还给我。

我想着这事就不爽。而她似乎压根儿没意识到我的不满。

我几次想向她讨回来，但都不知如何启齿。有一天傍晚，我在洗手间洗衣服，听见她在房间里弹木琴。我洗完衣服出来时，琴声已罢，我端着脸盆往自己的房间走，看见她正开门出来，手里抱着几本书，估计又要去上培训课了。

我们在走廊上迎面而遇，我随口问了一声，吃了吗？

这一刻她可能想开玩笑，也可能情绪因为什么事而不好，她居然对我说，你不能问点别的什么吗，总是问"吃了吗"？

确实可笑。但她的腔调让我觉得更可笑。我说，"吃了吗"有什么不好？你格调高，难道不吃吗？咱中国人就是这么问的。

她说了声"哎哟"，笑着想赶紧从我身边过去。

我脱口而出，喂，你上次拿了我舅的红包，是不是该还我了？

她明显愣了一下，说，不是送给我的吗？

我说，有没有搞错，他为什么送给你呀？

她脸红了，问我，你是说他不是给我的？

我瞅着她，说，你假不假啊？

她支吾着，说，可是，我已将它交这个月的按揭了。

我这才知道她最近这阵子不声不响居然买了房。我说，你动作倒是快的，居然买房啦，有钱啊。

她轻声叫起来，哪有钱，是我爸妈和我拼起来买的。

她说，不能再等了，因为我妈的情况，因为不想看舅妈的脸色，所以，只有咬牙先下手买了，我们已缴了首付，每月还按揭款，真的不好意思，这个月单位奖金发得少了，我就把那个红包交了按揭。

那时候还没"房奴"这词。那时我还无法理解房奴的苦，只觉得她把这当作私吞红包的理由很可笑。

我心里不满，说，既然办这事觉得吃力，那就慢一点来好了，干吗那么急？

哪想到她却说没法慢。她说，我爸讲了，像我们这样的工薪人家，现在还有勇气盘算着买房，说不定过几年连这点勇气都没了。等我爸三年后退休从新疆回来时，我们可能就买不起了。

在幽暗的走廊上，我有些发愣地看着她，感觉在昏黄的灯光下她浓密的头发里，在升腾着一缕缕烟气。

她却劝我别太急，她说，你的情况和我不一样。

我问她有什么不一样的。她说，因为我爸妈的情况呀，还因为，哎，女生到我这个年纪还住集体宿舍，这很难。

她这么说出来了。我懂。

我安慰她，不管怎么说，你现在可是有房一族啦。

她点头，说，有了房也就有了债，当然，有房和没房人的心态还是很不一样的，现在我只要想到我那房正在日夜打桩，心里就定了一些。

我对我舅的那个红包算是死了心。1999年的北风从走廊尽头的窗户吹进来。她要赶紧去上课了。那时我还不知道我们正站在"中国房奴元年"的起点，不知道她作为第一代房奴其实走在了潮流的前列。

她一边往楼梯走，一边回头对我说，没想到那个红包让你不高兴了，不好意思哦。

我只好假装大方，说，哪里哪里。

她说，以后我会还你的。

我说，还不还是以后的事，但你家至少有一平方米是我的了。

这一年的尾声在逼近，想着明年就是新世纪了，觉得一切都可以丢给新世纪，心里会有所轻松。

但真的瞅着这一世纪就要这样结束了，心里的忧愁也在一天胜于一天地涌上来，是的，该做的事还都没做完哪，自己像拖拖拉拉的学生，还要把欠交的作业带到新单元去完成，心里也会有压迫感。

更直接的压迫来自爸妈的逼催。我相信这条走廊上的滞留者们在世纪末的这些日子里，也都在经受这样的磨砺。

所以，当米亚在12月31日这一天终于请我吃饭，并对我表示"要不咱们混混吧"时，我也没觉得太大吃一惊。

12月31日这天米亚是在"粗菜馆"请的客。那天吃饭的人很多，我们在外面等叫号子，轮到我们时，天已黑了，我想快点吃了，这是本世纪最后一个晚上了，我想一个人待一会儿，还得给老家的爹妈打个电话。米亚点了一条红烧鲫鱼，一盘河虾，一个鸡煲，一盘芥兰，我向她摆手，说，省点省点。

周围乱哄哄的，饭菜飘香间，人人都在等待着新年。米亚指着上来的菜劝我多吃点。她说，明天是新千年了，我真不想长大。我说，谁想长大？谁都不想，我真的又有点不想去新世纪了。

她感谢我帮助她、她妈。她说，其实我知道这事是让你难堪的。我笑道，还好。她说，这是一辈子该感谢的。我看她是认真的，就想笑。我说，别这么说，同事不说客气话，否则不自在。

"粗菜馆"的红烧鲫鱼味道不错。她看着我吃，她突然嘟囔，你真可怜。

我心想，切，我还觉得你可怜呢。

我埋头吃鱼，不想多谈。哪想到她告诉我单身汉的辛苦其实是一目了然的。她说，你要学会安排。我说，你是指啥？她说，一个人会不会安排，日子是会有差别的，比如我，这一年有了点安排，居然积了六七万块钱下来，当然都交了房款，如果不安排，这点也就没有了。

我说，噢，不错，但你也别太累着了。

她说，嗯，人想不累，但心就真能不累吗？

我不想和她探讨，因为我们不太一样。

哪想到她还非要继续可怜我，她说，我们啥也没有怎么可能不累呢？你一无所有，都三十了。她说，如果不规划好自己，以后会很累。

我埋头吃鱼，心里笑，你规划好自己了吗？你规划了现在就累了。

她当然不知道我在想什么。她在说，人有选择的自由吗？萨特说有，我觉得NO。

她说这些，我不知道是点拨我，还是在夸她自己努力培训、死扛买房。

我说，我们别说话，吃饭，明年是新千年了，祝我们好运吧。

她用筷子点了一下周围的芸芸市井，嘟囔道，我就不信下一个千年我们会过得比他们差。我说，不会，你不会。我拿杯与她碰了一下，我说，祝你早日嫁人。

她脸上有些许躲闪，然后抿嘴笑，说，祝你早日找到女朋友。

我没出声，我感觉自己好像被鱼刺卡了。

她突然对我说："要不咱们混混吧。"

我没太大吃一惊，好像早已隐隐地知道她会说这话，现在她还真说了。

我捂着喉咙，现在我全部的感觉聚焦在那根鱼刺上。

她瞅着我，她说她觉得我们太像了。你不觉得我们很像吗？我们混混说不定也挺好的。

我摆手想让她别说话，那根刺在喉咙里，我想把它咽下去，再说话。

她哪知道我喉咙里的刺，她还在说觉得我们其实很像，你没觉得吗。她突然就哭了。她说，你别骗自己了，你为什么总是骗你自己，你明明有感觉，为什么不敢说？她说，你为什么总爱装，你是怕吗？怕什么？你没感觉为什么总是帮我的忙？

我抠着喉咙，咽口水，隐约的刺痛。她这样我知道挺不容易。

我支吾着说我也不知道我是不是只为了帮忙。她说，你总是骗你自己吗，你难道只是个爱探听别人心事的家伙吗，你坐在这里，只是想纯粹地帮忙吗？那么你走近我干什么，你这个虚伪的家伙，你为什么总是装，你还能对什么投入呢？你在害怕什么？我感觉旁桌的人都在看我们。我拍拍她的手背，让她轻点。她擦着眼睛，说，我让你难堪了吗？

我说，没啊，我喉咙卡了鱼刺。

她说，是吗？她擦了把眼泪，惊愕、同情、高兴地看着我，她说，看把你激动的，别紧张，吞一个饭团试试吧。

她就从碗里给我捏饭团，捏了三个，我吞下，刺还在。她叫服务员，要醋。我喝了几口醋，还是没用。这么一折腾，就觉得恶心想吐。我对她说，别管这刺了，说不定过几天就好了，要不我们买单走吧。她说，不行，去医院吧。我不想去，她很固执和坚决，非要去。她买了单，拉我出门，打的，去了医院。

新年快来了，医院里人影寥寥，我们走过安静的走廊，口腔科一个小伙子在值班。他让我张开嘴，用镊子取。取了半天，取不出，我不停地呕。他说，看不见，可能被你咽得很深了，你不该吞那些饭。他握着镊子，拳头在我嘴里动。我想呕，眼泪落下来。站在一旁的米亚脸色苍白，她盯着医生的手势，一直在问，看见了吗？医生取出镊子，让她看，沾着口水的镊子上没有那根刺。她说，没取出来。

窗外是迎接新千年的鞭炮，我想我真是倒霉，今天吃这一餐饭，听她这一场表白，还没想好怎么回答她，因为自己确实也不知道是否要混混，就被这么一根刺卡了。因为喉咙被这一番折腾，不停地呕，眼泪在不停地流下来。

医生说这么大的人吃鱼还不当心。她说不好意思，是我在跟他说话。医生说，看不见，要不你们明天来做喉镜吧，如果真取不出来，就得开刀了。我闭上张了好久的嘴，心想新千年来临前的这一个晚上怎么吃这一场苦头。

医生让我们回去。米亚不干。她求医生，再取一次吧。她凑近我的耳朵，说，今天晚上我们一定要把它取出来。

于是我朝医生尽力张大嘴，啊——

医生看米亚坚持，答应再试一次。他对着我的嘴说，哦，看见了，很短，那么深。他把手伸进我的嘴里，一下子又伸出来，说，哦，取出了，你看。

我没细看他手里的镊子，因为喉咙里已没刺痛的感觉了。真灵。

我站起来，说，好了，好了。

米亚高兴地说，怎么样，我说的还真灵吧。

我们来到了大街上，街上鞭炮奏鸣。人真是脆弱，几分钟前我想着明天那可怕的喉镜和可能的开刀，好像要熬不过去了，而现在居然一点事儿都没了，我扭头看了她一眼，有些尴尬。这世纪最后的荒唐一天。

我回头对米亚说，多亏你刚才坚决。

她说她知道今夜一定能搞定的，谁叫明天是新千年。她笑我刚才坐在手术灯下像待宰的羔羊。她扶我的胳膊，问我刚才饭桌上她讲的话我有啥想法没。如果没想法那就当她没说过否则她太丢脸了。她脸上有羞涩。我把她拉向我，说，你不是说了，你知道今夜一定能搞定吗？街边的烟花炮竹突然大作起来。经医院里这番折腾，已12点了，已经站在新千年了，悠长的街头有人在拥抱，我伸手拥抱她，说，新年快乐。烟花照着她欲哭欲笑的脸，她说，老天爷，我们又大了一岁。她说，今晚我够丢脸了是不是？她说，你也够丢脸的。

免费的集体宿舍楼快没得住了。单位现在不管员工这些住的事了。如果还想住这楼里，也得交房租了。

集体宿舍的剩男剩女们在为这事盘算。

我的想法是，住在这里，既然要交房租，那还不如到外面去租房，条件还更好一点。

　　对米亚来说，因为每月已在缴新房按揭了，若再交房租的话，那意味着增添了一笔开销。

　　米亚说，要不咱一起住吧，也好省点。

　　她这么节省、这么会算，这我不意外。我想不到的是她这么拧巴的人，对同居居然没什么障碍。我笑她，想好哦，这是同居哦。她说，反正隔壁的人家又不认识我们，反正2月中旬春节的时候我们总得去扯证结婚吧，能省点钱干吗不省。

　　于是，我们搬到外面住了。我们还准备春节前去扯证，这样我们过年回家的时候，就再也看不到爹妈的愁眉苦脸了。

　　住在一起之后，我发现我们有了点问题，为买什么，吃什么，吵了几次，虽然最后她总让我，但她那么抠还是让我觉得可笑。我有一天忍不住说，省省省，你能省出个电视机，我相信，但省出一套房子，我不信。再说，真有那么多人生大项目非要上吗？

　　她说，不是非要上，不是想过得比别人好，而是不想过得比别人差。

　　我想她在恐慌些什么呀。我不想跟她争论。

　　她看我这样子，就放软了语气，说，也可能我们都单身惯了，一个人待了十多年了，都很倔的，和谁都有点犯冲了。

　　她准备春节跟我回老家过年。在这之前，我们得去扯结婚证。

　　去扯证的前一天，她好像有什么心事，欲言又止了许久，终于说出来，有件事要跟我说。

　　我问，啥事？她说，我们明天能去做个公证吗？我说，扯证不就是公证吗？她说，我说的是婚前财产公证。我说，干吗，我们没什么财产啊。

　　她说是她按揭的那个房子。她说那不完全是她的，那里面有她爹妈的钱，虽然挂在她的名下，是因为用她的户口才能购本地的房子。她说，等她妈病好后，她爹退休了，他们要回来住的。

　　我说，你的就是你的，你家的就是你家的，搞得这么复杂干吗？

　　她看着我，欲语又止。我拍拍她的胳膊说，我不会想要的，我们结婚了，你也别担心我想住那儿。我们在外面再租房好了。

　　她说，不是这意思。她说，我是想，万一哪天我们不好了，怎么办，那房子是我爸妈的。

　　我懂了她的意思。我觉得她吞吞吐吐，这样子让我有一团气从心里冒上来，我说，我不打那房子的主意行了吧。

她说，我不是这个意思。

那你是什么意思？我问。

她说，你说你不打主意，去办个公证为什么不可以呢？

我说，你累不累啊，别以为人家都在打你的钱的主意，你才多少钱啊，你家省吃俭用一辈子才多少钱呀？我再没出息，也不会打一个穷妞的主意。

她生气地哭了，她说，为什么不能公证，如果你们男的说话都当真的，还需要什么狗屁的公证。

她这样怀疑、犹豫的样子，让我心烦。我想女人真烦。我大声说，呸，我们还没结婚，你就想着以后怎么撤了！妈的，你也太实在了点！

她说，你才想着以后怎么撤呢。

然后她脸涨得通红，说，还没结婚，你就骂我，你总是骂我。

我大力地拍那张破床，说，你疑神疑鬼才有病，是你损我在打你那破房子的主意呀！

那是2000年刚开年，婚前公证的事，还不像如今这般稀松得像没事一样。那时候我还不能理解情感与财富交缠的新型恐慌，于是我首先看到的是犹疑面前的假装。

我受不了这假装，我放大了这种情绪，我鄙视她，这多疑的女孩。

我情绪一冲动，拉开房门，准备出去，回过头来对她说："你守着那房子和你爹妈过吧。"

这句话让米亚无比崩溃。

后来围绕这话，我们争了几天几夜。

我的想法是：我都准备和你过了，但你还像个精明鬼，把我想成啥了，我何必呢？

我和米亚就这样闹掰了。

当然我也知道，这"婚前财产公证"肯定不是唯一的原因，一定还有些别的什么让我们犹犹豫豫，所以无法走下去。

米亚一定很恨我，那一段日子她连续发来谴责的短信：

"为什么你就不能实在点？你不觉得你是懦夫吗？"

"为什么我们一旦想来真的，就没戏，难道我们只有假扮的命吗？"

我想着那可笑的公证，我带着嘲笑的情绪，给她回了一条过去："不是怕来真的，而是怕来假的，所以一旦想玩真的的时候，也玩出了一股假惺惺的味，所以别玩算了。"

她回过来："可笑，人能相信吗？！"

......

我想象得出她的怨恨。我不想和她争了，我删除了它们。

我相信她一定一样。

从此以后，在这座城市，我再也没遇到她，米亚。

/ Chapter /

6

『舒淇』的谜底

1998年劳动节，我去喝一场喜酒时看见过一个女孩，当时她被拦在了婚宴的门外。

　　那场婚礼的新娘是一位企业家朋友的女儿，而新郎是省政府综合处一位前景颇被看好的秘书。婚宴办在凯悦大酒店。我走进大堂的时候，正在迎宾的新郎新娘身旁刚好出现了点骚动，许多人正在拦拦挡挡，他们拦挡的是一位穿白色套装的高挑女孩，他们显然不想让她进去。

　　那女孩是谁？

　　两位侯相架着她的手，想把她往外推送。

　　她高挑身材，面容美丽，神情淡定。她说，是喜事，为什么不让我参加？我是来祝贺的。

她对着周围被吸聚过来的目光，仰脸而笑，说，我真的是来祝贺的。

谁都注意到了那位新郎的窘迫。

有嘀咕声掠过我的耳畔：是来砸场的。

我好奇地看着那白衣美女，绝对正妞，像舒淇，高挑性感，比那新娘漂亮多少倍都不止。

而她深深地看了一眼被隔在另一头的那对新人，对我们说了句，"那好吧，我走"，她就往门外走，一边说着："能找个老板的女儿，我祝贺都不行吗？"

她站在酒店的门口招手打的。可惜晚高峰时段酒店门口没车，一时半会儿她打不了车。

这酒店里面的人瞧着她的背影就有些着急，生怕她转回来。好几张嘴凑在一起商量。

这婚礼之前意外出现的小插曲，给我留下了一些印象。只是那时我还不知道这女孩名叫杜鹃。

2002年12月，有人给我介绍了一位女孩，相亲那天，当她推开咖啡馆的门，款款向我走过来，优雅地在我面前落座时，我几乎以为天仙降临。

她真的非常漂亮，气质恬静从容。当她微翘着下巴，微笑着，听我介绍自己时，她美丽的脸庞映着窗外的枫叶，几乎一瞬息，甚至在她介绍自己之前，我就爱上了她。

　　我感觉她有些眼熟，但显然不认识。

　　她说她叫杜鹃，在银行工作。她说喜欢慢跑，网球，喜欢爵士，还喜欢背包旅游，是驴友。

　　这样的女孩，竟然也像一缕阳光落在我的面前，我想，我一路走来的平庸的相亲之路，竟然也会有这样一个不平常的站台。

　　不平常是因为她是一目了然的夺目，这样的女孩竟然也需要相亲，并且是跟我。这本身就显出了不平凡的逻辑。

　　逻辑在美丽、喜爱之前是脆弱的，更何况我一见动心，并迅速朝思暮想。

　　她对我好像也是满意的，她通过中间介绍人回话，蛮清秀儒雅的，可以先接触接触。

　　介绍人是我师姐何悦然，她转达了这个意思后，又告诉我说，师弟，其实我对杜鹃也不熟悉，在一次聚会上遇到的，看着漂亮，又单着，我就想到了你，她人怎么样，合不合适你，我也不了解，你自己留意。

杜鹃对我应该是满意的，无论是我俩日常约会的时间、地点，还是开销、礼物什么的，她都好说，不像那些漂亮了就娇气、就高要求的女孩。

　　是的，这是我最大的感觉：对于我，她很好说话。

　　这让我心有轻松，因为我不是有钱人，与这样自身经济条件优渥的美丽女孩交往，心里是虚弱的。

　　有一天，她跟我坐在一家小面店里吃面，看着她美丽的面孔几乎将这面店照出了一圈光晕，我都有些恍惚了，不敢相信她竟然会跟我坐在这么简陋的这里。

　　我在心里向她发誓一定会让她过上好日子。

　　我甚至对她说了，她捂嘴笑，厚厚的嘴唇，含笑的眼睛，我感觉她像舒淇。

　　我问她，我们以前没见过吗？

　　她说，没见过。

　　我说，我好像在哪里见过你。

　　她扬了一下眉，笑语，你不是说我像舒淇吗，也可能是电影里见过。

　　我点头，说，是的是的，难怪眼熟。

美丽非凡的女孩与你来往，会让你对自己的自视高起来。更何况，我本来就像这城里的许多年轻人一样，哪怕在穷小子阶段，对自己都有很高的自视。

　　但在别人眼里，可不是这样。我说的别人，是杜鹃的家人。

　　2003年春节前，她打电话说她家人今晚想见见我。

　　我请他们吃饭吧。我说，你说定哪儿呢？

　　她说，花园大酒店自助餐厅吧。

　　这是她第一次对我指定这么高档的地方。我说，好。

　　晚上，我和她先到了餐厅，等她的家人。原以为来的是她爸妈。结果除了她爸妈，还来了伯母姨妈舅妈表姐等一大家，共14口。

　　我暗暗叫苦，今天得破费多少啊。他们家的人都说着上海话。而那些女人当然不会把我当款爷，所以她们对我问啊问啊，比如，她妈问我的收入，她伯母问我在单位干到了哪个位置，她妈说杜鹃从小学钢琴，我们没舍得让她的手干过家务，你会做家务吗，她姨妈说你除了上班还干点啥投资，她爸说你准备买房子吗，一次性付还是按揭……

　　我还来不及回答，她妈已经接过了话茬，她说，按揭的事，我家小囡是不参与了，她平时大手大脚的，她能养好她自己就是帮你省力了。

而她大姨在一旁揭发，杜鹃一个月吃零食要花1500多块钱呢，当然，杜鹃自己赚得多。

她伯母问了我父母的年龄，还问了我是否有兄弟，她说，老人有医保吗，看看这医改，搞得现在是病不起了啊。她大姨说，按揭就是给银行做杨白劳，小囡和你会太辛苦，想想办法，一次性付了吧……

在问答中，我东突西奔，她姨妈同情地看着我的窘，她说大家是直率人，如果你真的喜欢我家小鹃，我想这些问题总能承受吧，如果你是一个懂事的男孩，你一定能体谅家长对儿女的顶真劲儿。

坐在她们中间，我对自己的自视在不断跌落，快跌到尘埃里去的时候，杜鹃推了我一下，说，湖蟹又上来了，一会儿就没了，你帮他们去拿一下，多拿点。

我就起身，赶紧过去拿湖蟹。当我端着一大盘湖蟹过来时，听见杜鹃在对她妈说，姆妈，好一点的菜就是这样抢的，好菜和好人是一样的，你老不下手，就被别人拿走了，姆妈，好一点的男孩也是一样的，你老挑，就没了……

那一刻，我感动到差点当场哭起来。

因为她爸妈把她当作一个标价高昂的洋囡囡准备对我吊起来

卖，而她愿意对我平价优待。

她是一个懂事的女孩。是的，"懂事"这两个字体现在她跟我交往的一切过程和细节中，不吵、不闹、不作、不要。

也因此，我感觉她好像沉浸在她自己的心事中，即使约会时跟我聊天、拥吻，那种心事的氛围，也好像纱一样淡淡地蒙在她的周边，在她与我之间。

"她沉浸在心事中"，我意识到了这一点，是有一个星期五的傍晚，我去湖畔酒店大堂与她约会。因为第二天是双休日，她将跟驴友们去环阳山暴走、野营两天，所以约会就安排在周末（事实上，双休日她一般都跟驴友们组团去外地登山、暴走，所以我俩很少在双休日约会，她对我说过，以后你再跟我们去吧，现在你跟不上我们，你先在城里练练）。

我走进湖畔酒店大堂的时候，看见她已坐在大堂吧了。她面前的茶几上放了杯饮料，她侧面向中庭的花园，在悄然出神，所以她没看见我。在我走过去的那一刻，我突然有了这个发现——在她的周围似乎弥散着一种轻纱似的气息，这一刻它太突出了，不可能不注意到，这气息里有点郁郁寡欢的质感，有个句子掠过脑海，"她沉浸在心事中"。

"她沉浸在心事中"。这话像一句判断，在此后的几天，一直跟随在我和她的交往中。她身上就笼罩着这一层东西，淡淡地来走，有礼、得体、果断、飘忽，不知她到底在想什么？不知她为什么走神？

我想，这么漂亮的女孩，不可能没有故事，也可能她受过的伤害太深，所以对于与人相处没了激情。

那时我是这样想的。

也正因为这样，像每一个恋爱中投入的男人，我想撕去这像雾气、像轻纱的一层。

我试探着问她的过往。她敏感地发觉了我说话的企图，变得有些不高兴了。

有一天她又走神了，我实在忍不住了，就盯着她问，你在想什么？

她看了我一眼，脸颊上有隐约的不开心，说，你总是问我想什么？想什么？能想什么呢？

当一个人好奇另一个人时，心里有忐忑，也有压迫感，我茫然地寻找线头，有一天晚上，终于想起来了。这张美丽的脸，曼妙的身材，与4年前凯悦大酒店大堂里那个被阻拦的女孩重叠了。

记忆的线头就是"舒淇"。我桌上的一本英语字典里夹着一张1998年的年历卡，正面就是舒淇在咧嘴笑。背面用很小的字写了一句："今天喝喜酒看到'舒淇'，这样的女孩是不会在一棵树上吊死的。"

　　这个晚上，我是在查一个单词时，翻了这本字典，看到了这张年历卡。记忆接通，我一下子就想起来了，我甚至想起来后来在酒宴上有人悄悄在说那女孩是银行的。

　　我的感觉有些复杂。

　　我也是一个有经历的人，所以我不在乎她的经历，谁没过被甩，被撕，都5年了。

　　我心里的迷惑在于婚宴前那个"小插曲"中的她，所呈现的个性，与眼下我面前的她离题万里。5年足以消逝、重塑一个人的任性与骄傲，而只是让她变得更成熟、颀长，风度迷人吗？

　　我直觉的不安，可能更基于自己心里一直有的对于她的自卑和穷小子的敏感。

　　我情绪的变化，也让她有所察觉了。有一天，她也问我，你在想什么？

　　我慌乱了一下，说，我想起来了，杜鹃，我们是见过的。

她笑了笑，说，电影？

我就对她说在"凯悦"，5年前。

她脸上掠过一缕惶恐和略微的尴尬，但总的说来还是相当沉静的，她撇嘴说，不好意思，那天是个笑话，最好你忘记。

我装傻，说，我记性差，突然想起，很快会忘记的。

她低头看了一眼桌上的杯子，嘟囔道，我真的只是想去看一下，没想到他们会那么紧张。

她瞅着我说，呵呵，我现在早走出来了，都5年了，你不说，我都记不得了。

我说，对我来说，这事没关系，只是说明你是一个好强的女孩吧。

她当然骗了我。她当然没讲她的谜底，哪怕在跟我恋爱。

也可能，她也骗了她自己，因为她真的有想出来过，所以才跟我谈恋爱，想抓一根藤蔓，让她自己一点点出来，不出来的话，她知道早晚还是个泥坑，但人就是这么复杂，可能有这个念头，但心性有时候不由自己管控。所以她没来得及。

因为一周后，我们的城市与那一年春季的广东、北京一样，突发"非典"。我租住的单元楼也出了一个"非典"病人，整幢楼被隔离，医学观察7天。

那天的情景是这样的，医生一大早就戴着面具，来我家盘问我从昨天上午至今天和哪些人接触过，由于昨天我没出家门，杜鹃中午来过，后来她说晚上家里有客人先走了。

医生就赶紧联系杜鹃，让她待着别动。另一队医务工作者火线过去。但显然医生发现杜鹃接到那个电话后，动过了。他们赶过去追问她，从昨天到现在你去过哪儿，真的只待在家吗？姑娘你得说实话，你得对全城人民负责。你还跟哪些人接触过了？刚才你家邻居说你是早晨刚从外面回来的。你还转移过哪几个点？你得说，因为你还得对你交往过的人负责，你不说，过几天，人家发出病了，我们一查就会对上号的。

生死时速，性命攸关，重重压力让杜鹃说了。她说昨晚自己跟省政府综合处李伊处长在一起，不知他要不要紧？

你们昨夜在哪里？

华芳大酒店。

你们待了多久？

没看时间，和他在聊工作。

我们不管是不是工作。我们关心的是到底待了多长时间，房间里还有没有其他人？

没有了，就他。

你们在酒店大堂待了多久？

没多久，很快上楼，很快离开的。

你们有没有密切接触？

有。

怎么接触？

……

这都是后来坊间的传说。不管细节与真相离得有多远，但有一点，即那个大致的轮廓线，基本已勾勒出让人大吃一惊的东西，当然，它也撩起了让我迷惑已久、让我对自己情感走向无法把握的那层轻纱，它终于让我瞥了一眼。

我明白了。

我想，人真是怪啊，藏着掖着的秘密，你不说，生活中还有其他的途径让它暴露出来，一场病，居然让人发现：原来藏着掖着的，还有这么多东西。

那些天，我在家接受隔离观察，心情混乱。窗外的城市突然空旷下来。这诡异的疫情让恐惧诞生，让真相呈现，让谎言荒诞，让人人追逐的东西轻若鸿毛，让我觉得自己傻不傻都无所谓了。你看人不都歇息下来了吗，还那么多心思干吗？

这期间，我有想象她的样子，我不知她被隔离在家中，有没有想起过我，说起来很不好意思，真对不起，她不愿意向我呈现的她的情感谜面，最后恰恰是因为我这儿的疫情导火，而让她在那些面容冷静、漠然而内心指不定在笑的人面前，毫无隐藏地讲述出来。

隔离到第6天的时候，我听到手机"叮咚"一声，我一看，是她发来的一条短信：抱歉，我承认这5年来我仍在与他来往，因为我不服气，算我这么聪明的人在犯傻，只是，我真的对不起你。

我回：对不起，不是我，是这病。

到这一年的 6 月，"非典"过去了。我与美丽女孩杜鹃的短暂恋爱，也飞一般过去，甚至恍若从没发生。

就像这场2003年骇人听闻的疫情，从生活中消失，从没发生。

/ Chapter /

7

合
伙
人

2004年正是传媒业投资泡沫的年代，也正是年青一代媒体人信奉"新闻推动进步"的年月。我跳槽到了一家杂志社工作。

白天黑夜，我兴奋地采访，然后拼命地写，因为内心实在澎湃，责任感爆棚，所以采写的社会新闻常涉及雷区，稿子时有被毙。

同事安慰我，因为遍布敏感区，所以不能随便碰。有一个女孩闻此言在我身后乐不可支地"咯咯咯"笑起来，那就是欧阳小雨。

我认识小雨的时候，她大三，看着却像个中学生，她来我们杂志社实习，背着个LV、穿着个BURBERRY，我一眼认定是假冒货。

她咿咿呀呀地说话，好像管不住嘴巴，只是她说的那些东西不知是真是假。她第一天来的时候，叫了我声"老师"，后来又改成"哥"。这样的女孩登场了，说明一眨眼的工夫，另一代人已经上场了。

部门主任让我带她。她就跟在我的屁股后面，拎着那假冒LV跟着我骑车、挤公交。看得出她在学校憋久了，所以对什么都好奇。她的小嘴永远在"嘀嘀吧吧"地说着什么，像只小喇叭。

这妞撒娇还行，写稿子不是太行，病句错字多多。而且还不能说她，一说，她情绪就瞬间跌到谷底，那种难过的样子会让你有点后悔，何必说她呢，只是一小女孩啊。

有一天，我实在忍不住指着她写的几个数字，问，你采访的时候到底有没有记录啊？她看了我一眼，说，你当时不是在记吗？

她这么说的时候，嘴里正含着一根棒棒糖在电脑前打字。她发现我有些恼火的样子，突然就像个娃娃似的哭了，说，你不想带我了吗？

她一手抹眼泪，一手拿着那个棒棒糖。她说，我就知道你会说一代不如一代的，可是我已经尽力了。她呢喃，过几年你遇上我的那些师弟师妹的话，他们只会比我们还差，因为现在扩招啦。

其实我不会不带她，她挺可爱的，撒娇也可爱，因为她没太多目的，只是想让一屋子人喜欢她。独生子女可能都有点这样，生怕自己没人疼，喜欢你的眼睛永远不离开她。

有一天，我去"碧云酒吧"与一个中学老师相亲，那女老师姓虞，28岁，挺温婉的。我们刚自我介绍完，就听见有人在酒吧里大声叫我。

我回头看见欧阳小雨向我走过来。因为我在相亲，我觉得有些窘。小雨却兴高采烈，压根儿没看虞老师一眼。我不知该如何向她介绍虞老师，哪想到她一屁股坐下来，"小喇叭"就开始播报了。她说她和闺蜜约好一起来坐坐，没想到哥你也在这儿，你们在干吗？

我看了虞老师一眼，说我们在办事哪。

欧阳小雨那天扎着满头硬硬的小辫子，别着一只白色的Kitty猫发卡。她一边把玩手里的Kitty猫手机套，一边对我说她今天遇上的好事儿——下午在金泰广场买东西居然抽到了2000块钱，所以今晚得败掉一些，这种钱不散不行，不败不行。然后她又谈她昨天去采访的那个财富榜。搞到后来，我都不知道她到底想说啥。她把一只手搁过来，抵在我的胸口，让我看她刚买的工艺手镯。她说，哥，你觉得哪一条好看？然后，她把一条腿搁到我的腿上，那是一双樱桃红角斗士凉鞋，她说，哥，这也是下午买的，你觉得怎样。文静的虞老师成了空气。虞老师说有事要先走了，小雨这才转眼看她。小雨说，这位姐姐慢走哟。她把手臂向虞老师递过去，说，姐姐，你觉得哪款好看，你挑一条吧。

这天的相亲就这样不了了之，我看着虞老师远去的背影知道她有些生气，那些刚登场的青春小妞就是这样四处挑衅、意欲压倒一切风头，如果我是她也会生气。

我扭头看着这Kitty猫女孩在冲着我笑。我说，你来这儿干啥？我相亲的事都被你搅黄了。

她笑啊，笑得喘不过来气。她说，相亲？天哪，你在相亲？她可不适合，你没觉得她有点老吗？

她青春无敌的样子让我不爽。我说我也老了呀。

她说，那我给你介绍一个吧。

我说，你才多大，懂什么。

她居然生气了，说，我怎么不懂了？

她掏钱说今天她买单，算赔我的不是。我说，你的朋友呢？她扭头看了一眼，说，谁知道，可能跑了。

有一天晚上，我骑车回到家，洗了个澡，躺在床上，准备看会儿书。突然有人敲门。我打开一看，居然是小雨。我赶紧往头上套

T恤。

我说你怎么知道我住这儿的。她没回答，她走进来，说，我真的有点烦了。她说，我真的有点烦了。

我说，怎么了？

她叹了口气，就坐到了那张凌乱不堪的旧沙发上，拿着手机先顾自己发短信。她发了好一会儿，抬头告诉我她爸和她妈又闹起来了，她再待下去，要疯了。

我赶紧闭嘴，因为我知道一搭话，她就会滔滔不绝播报她家的事了。我心想，那你该跑到学校宿舍去，而不是跑到我这儿来。

我就劝她赶紧回学校去。

她对我嘟了嘟嘴，说，学校暑假期间宿舍关门，不好意思，只能投靠你这儿，让我避一会儿。

我说，那你看一会儿电视吧。

我心想，等他们吵完了，你再回去吧。

哪想到这个晚上她看电视看到半夜还没走的意思。电视里在放方便面的广告，她说自己有点饿了，就开始在我的房间里找吃的。

我趴在床上有点困了。我说，冰箱里可能没吃的，要不你回家去吃吧。

她说，我不回家。

这个过程中，她的手机不停地响。她揿掉。

我说，你怎么像个小孩，他们会急的。

她说，我本来就是小孩。

她的手机还在响。她嘟囔，烦不烦啊，电都快被打没了。她关了机。

后来，她终于拎起我搁在沙发边上的电话机，打过去，对那头的人说，你们有完没完啊，今天晚上我不回来了。

她在我肮脏杂乱的房间里转来转去，她说，你这儿真好。我想，有什么好的。她说，这里有一种野营的感觉，我就喜欢很乱很舒服的感觉。

她一个小鸟飞翔的动作让自己跌进沙发。我看了一眼桌上的钟，都快1点半了。我困得不行，我说，你自己玩吧，我先睡了，明天一早单位还要开会。

她"嗯"了一声，就自己玩了。

她看碟。《拯救大兵瑞恩》，枪炮连天。后来没了声音。我发现她睡在我的边上了。我想把她赶下去，她迷迷糊糊地嘟囔着，不肯动弹。我心想，这些小妞比我们那时可要大胆多了。当然，也可能谁有胆谁没胆，她们心里像镜子一样，所以才敢这样在你面前肆意。

这时，我突然听到了有人在打门的声音。我和她都被惊得坐了起来。我看窗外天都快亮了。我去开门。她拉了我一把，说，嘘，我爸我妈来了。

我打开了门，睡眼迷糊中，一看还真是一男一女两个中年人，估计是她爸妈，后面还跟了一警察。我没闹明白怎么回事，小雨在我身后已冲着他们说，干吗，干吗？

我想他们是怎么知道我住这儿的，还带警察来了。

她爸冲上来攘我的肩膀，像我拐了未成年人一般。他们闹哄哄地冲着我骂。我脸上挨了她爸的一掌。那警察问我是怎么回事，这孩子怎么在这儿，人家家长找上来了。小雨拎着个包过来，说，还孩子呢，我都大三了，要看我的身份证吗？我瞪了她一眼，说，我啥事都没做。

这么闹了一会儿，那警察说，这是你们自己家的事，我们可不好管。他走了。

房间里就留下我们四人。她爸妈看我的眼神，就像她身边的两看守。我告诉他们，她在我这儿只是看了一夜VCD，什么事都没有，我保证。

小雨她爸就给我看她发给他的一条短信——"我找了个哥去睡。"

我明白了，这妞为的就是唬他们来找她呀，心思缜密着呢。

后来我问他们是怎么找到我这儿的，他们说，根据电话号码问电讯局了。

这事作为我和小雨闹剧的开端，本身就透着乱劲。小雨说，我就是要他们来找我，他们只有在找我的时候才能同心协力，才知道原来还有这个家，我就是要让我爸知道是我重要，还是那个狐狸精重要。

她说她爸是个贱货，被一只"狐狸"迷了魂，都不怎么回家了，有小蜜了。

她说她爸每回来一次，她妈就和他吵得天翻地覆，他还动手打她妈。

小雨说，给你看了笑话，很丢脸。

我说，没事，哪家没烦心事。

于是，以后的日子，每当她来我的出租房，我就知道她家又闹了。她把我这儿当作了"讹诈"她爸妈同心协力的地方。我不想多管她的事，但又有些可怜她，就让她配了一把我房间的钥匙。

她白天跟我采访，晚上又混在这里。我虽然也喜欢她的青春无敌，但没打她的主意，我对她说，我没想趁人之危，你是小孩，离我远点，算我有些怕你，得了吧。

她说，我不是小孩，我啥都懂。

自她说过这"啥都懂"之后，她在我面前说话就越来越奔放。她说她喜欢和我在一起。她说她从来没想过自己会喜欢比自己大十多岁的人。她说，我跟踪过你，你知道吗？你还记得那天在"碧云酒吧"吗？嘿，我跟踪你的时候，你真的不知道吗？

我说，去去去，你是想找个爸吧？

事实上，身边有这么个奔放的妞，你很难守住自己。有天早晨我醒过来，发现她睡在我的地板上。她什么时候进来的？我瞅着她的时候她醒了，她先是冲着我揉眼睛，然后突然趴过来把手伸进毯子，摸我的胳膊。她娇嫩的脸在晨光中有透明的感觉。她说她啥都懂，她早就有过了，她们班的同学不少其实都有过啦。她嘟着嘴，像做梦一样。她这么说不知是为了显示她很懂，还是笑话我迂。她对我念了句护舒宝的广告："轻松，不紧绷。"我知道她在嘲笑我。她暖暖的气息让谁都无法控制……

那天早晨当我们平静下去后，我发现面对年轻的主动，只有投降的份。她喜欢性。她说性是美好的。她不是装懂，她让你目瞪口呆，她叫我老公，她甚至在大街上也会这么大声地叫。但其实是不是真的想把我当她将来的老公，我估计她心里明白着呢或者压根儿不想明白。

她的轻快，让我也变成了小孩。有一天，我在看《富爸爸穷爸爸》这书，她像个小孩老在旁边捣蛋。我扔了书，感叹她真太小了。我说，看你这样子，我也不想长大了，轻装上阵。

她笑，说，我原以为你很大了，但现在发现，你压根儿也是小孩，只不过是比我老一点、坏一点的小孩。

她属猪。这猪宝宝居然决定带我去看她妈。

我说，以你实习老师的名义？

她笑道，男朋友。我妈急的是这个。

她居然先替我写了张简历，给我看，这是你，你看看。

我一看就跳起来，天哪，这哪是我啊，海归？没谈过朋友？这不是我。

我问，为什么得给她看这样的简历？

她说，我妈要看简历，把关，所以你记着点这简历上的说法，别穿帮。

我晕菜。这个啥都懂了的小妞，准备用一张这样的简历去放平她妈的心？更何况，我不可能没恋爱过，我已经三十多了，怎可能啊，她妈会信吗？

我去了她家。她家在市中心一幢公寓楼里。她妈好像瞧我还顺眼。她当然问了我的收入、住房，只是，她一点都没在意我的年纪比她女儿大了一茬还有得多，甚至还认为我没钱也不是大事。

她说，按部就班地上班领工资也好，省心，男人有钱不是好事。她还说，年纪大点也好，省心，会疼人，对我家小囡，你得像捡了个宝，你确实是捡了个宝，当然，你还得等小囡两年，等她毕业了。

看得出她是个传统的女人。

只是她懂她女儿吗？还有她女儿也是这样想着让我等两年，她就嫁我吗？我心里有些想笑。

我去上海采访，小雨跟着去。采访结束，我们去南京西路逛，路过LV专卖店时，她指着橱窗里的一只包说，新款的。她要进去看。我心想，我们又不买。但还是随她走进了店。但哪想到，她在店里对服务员要求看这看那的，搞得像真的似的。

到后来，服务员都有点不肯拿给她看了。她们的眼睛有多犀利的洞察力啊，她们知道我们买不起。

但后面的事让我们都跌破了眼镜。

小雨指着柜架上的包问我，我背这只好呢，还是那只好？我说，都不好。她说，哪里呀，要不两只都要了，我妈下星期要过生日了，我给她买一只，她一定会高兴的。

我两只都要。她对服务员说，这两只我要了，你们给我包起来。

这妞可能还以为自己在襄阳路上哪。我想着自己口袋里的钱包，只有两千多块，窘得不知该怎么收拾这场面。哪想到她拿出一张卡，就去了收银台。那些服务员看着她的眼睛都直了。因为她看上去还像个小孩。她一把就刷掉了二万五千块钱。我想，天哪、她平时背的那些玩意莫非都是真的。这场面对我冲击力太大，以至于出了店门，我为她拎着这两只袋，一路上小心翼翼到有些气喘。她觉察出来了，她问我是不是觉得她太大手大脚了。我说，你说呢？

她笑了一下，说，你不懂。

她站在大马路上对我说，如果我不用钱，都会被我爸那个"小蜜"用掉的，我妈说，多用点，只有你花，他才不会抠门，你不用，他全给他那"小蜜"了，我妈平时想问他讨出一分钱都困难，所以只有我用了。

我听得发愣。我看了眼手里那两只硕大的LV包装袋，一路上它们引来了无数女人艳羡的视线。

我想她们知道这钱为什么要花得这么狠吗？

有天中午，小雨跑到我这边，说想吃自助餐了，她请我去香格里拉大酒店。

我有点心疼钱，那里的自助餐比较贵。虽然我如今已理解了她生猛刷卡的动力，但对我来说，这有些障碍。

我说今天我付钱吧，否则我不想去。

她答应，于是我和她去了香格里拉。

自助餐厅正在举办"日本美食季"。我们吃着美食，东拉西扯。她笑问我是不是觉得她难养。我不知道怎么回答。她说，败金，是因为需要败人。她说，他忘恩负义，他恨我妈不放他，但他爱我这个女儿，但他不知道女儿是不能让他恨她的妈的。

我不想议论她的家事，又是那么不开心的事。

她感觉出了我的情绪，她说，其实我很会过日子，我小的时候，我们家没钱，爸妈每天都去摆摊卖窗帘，我妈最会过日子了，她最省了，省了大半辈子，省出了这么个结果，需要我去帮她花回来。

她仰脸笑起来，说，你别那么看着我，我其实很会过日子的，即使没钱，我也会过，因为我们苦过的，又不是没吃过苦。

她说，你现在回头看，那根柱子后面第三个靠窗的座位，我爸和那个"小蜜"就坐在那儿，我昨天就知道他会来这儿。

她见我愣住了，就笑了一下，说，我得去和他打个招呼。

我拦她说，别啦，大人的事你别管了。

她说，大人？那女的比我才大四岁，难道她还真的想当我的妈了。她起身，拎了杯酒就过去了。

我坐在这边看过去。她那老爸，一个五十多岁的中年人，很黑，精瘦，坐在他边上的那女孩很靓，高挑，正拿着叉子，看着他说话。她肯定没想到小雨会从天而降，把一杯水泼在她的头上。她跳起来。小雨和她扭在一起。餐具打在地上，哐当。全餐厅的人都吃惊地呆望着那里。

我赶紧过去。她们已搅在了地上。小雨拉着那女孩的头发，冲着在一旁拉架的她爸说，她打我、她打我。

那男人狠狠地给了小雨一个嘴巴。

我奔到那张桌子旁，一把将他推开。小雨坐在地上，指着她爸对我说，他打我、他打我，你打打打打。

酒店的保安、服务员来了一大堆，我们被架出了门。钱也没付。她对我说，看见了吧，那个狐狸，想吃现成的，我会和她没完。我说，不能这样，别人看笑话。她说，看吧，他丢脸了吧。

在跟小雨混的日子里，一天天下来，感情也在不可控制地进入，看着这张年轻无比的脸，我不可能没想过结局，不可能不打未来的主意。

我的理智告诉我，这猪妹妹现在黏着我，更多的只是需要一个可以靠着倾诉、哭啼的肩膀。

于是，我半真半假地对她说，我们是不是不合适这样混下去，混到后头，会难过的。

她支棱着眼睛问我，为什么？

我告诉她，到我这个年纪，得考虑结婚了。

她笑起来，说，结婚多好啊，我都等不及了，那咱就一块儿结。

她这小孩样子，让我忍不住大笑起来。

她打着我的肩膀，说，真的，结婚有多好啊，结婚就自由了。

结婚就自由了？

对啊，我妈就再也不盯着我烦了，我都快被烦疯了，所以一结婚我就自由了。

她告诉我，毕业就结吧，我一毕业就结。

她把"一毕业就结"这话挂在嘴边，她说得多了，让我对她生出了指望。

她甚至设计了未来我俩结婚的日子，当然是她的生日，8月8日，好日子，发。

夏天快过去的一天，她跑来对我说，她妈说房价现在涨得太凶，我们得为两年后准备了。

我问，你说的是我得买房？她说，对啊，我妈说两年以后我们结婚的时候，房价可能会涨得更高了，现在不买可能会吃亏的。

房价已经涨到7000元一平方米了。我盘算了一下自己积攒的钱，差距巨大。我心想，她可没问我买不买得起啊。

过了两天，她兴奋地跑来告诉我，她买好房了。

我说，你买好什么房了？

她神秘笑道，高档小区呀。

我说，你和你妈去买房了？

她说，我一个人去买了，买了四套。

看我傻眼的样子，她"咯咯咯"笑起来，说，告诉你吧，买的是墓穴，四个，我、我妈、我爸，包括你。

我没听懂，心想，是什么鬼啊。而她说她同学的姐姐阿秀是做这生意的，阿秀说再不去买，以后要买得越来越远了，现在2万元一个，以后有钱也没了，说不定要被炒到10万都没准。我说，你真买了四个？她说，对啊，我妈、我爸和我，还有你。我笑疯了。她说，我爸整天想从这个家溜掉，我要看看他溜不溜得出这个家，即使他们离了，我也要他以后跑不了。

　　我瞅着她发愣。她说，我们的位置可好了，朝南的，前面还有一条江，是属于墓地里的高档小区。

　　她说，我可是托阿秀的，要不还真的抢不到了呢。我爸对这事没意见，他说，即使算投资也不错啊。

　　她问我，要不你给你爸妈也去买点。

　　虽略显疯狂，但我还是被她这葬在一起的想法感动，接着，就被她、她妈怂恿着去买房了。

　　对于买房这事，虽然我的存款与房价总额有很大差距，但我还是同意她妈的逻辑：这恋爱还要谈两年，这谈恋爱的速度，看样子是赶不上这房价涨的速度了，那怎么办？只有先下手买房，才不至于恋爱谈成，房子却买不起了。

　　可是我没有那么多钱啊。

她妈说，我们可以一起联合买呀。

那最后如果恋爱没谈成怎么办？我心想，但没说出口。

而她妈好像看透了我的心思，说，没成也没事，就比如合伙投资呗，这总比闲着好，比最后一事无成好，所以哪怕恋爱没成，买房子也是好事。

我脑子转不过弯来。她妈看着我笑，感觉她对我越来越满意了，因为我不会算，所以在她眼里我真的实在。

小雨也笑话我，说，看见了吧，我家有做生意的细胞，多好的主意啊，我妈说万一做不成恋人，那还可以做炒房合伙人，没错，但我认为这是悲观的想法，我认为这是恋人加合伙人，情感深上加深。

于是我们准备联手按揭买房。

在房主写谁的名字这问题上，我没话可说，因为首付她家出大头，当然写小雨的名字。

虽然她家出大头，但她妈妈也不会让我太不承担压力，她给我算了一个比例。我先付4万，他们付16万，共同向银行贷60万，以后我每月交按揭2500元，他们交1200元。

后来，她妈一想，觉得不对。她妈说，与其为银行做"杨白劳"，还不如让她爸一次付掉，那花心胚，给女儿买房总得掏点钱，与其让那小妖精败掉，还不如让我们买房，说不定最后还能帮他留下一点财产。

即使房款让她爸一次性全付，也不能让我毫无压力。男人没有压力，会变得没有担当的，所以她妈建议，我们还是按银行贷额那个比例办，只不过改成我每月向小雨交钱，也就是说，我向她家按揭。

她的富爸爸为宝贝女儿买房当然愿意出血，但是，如今是他女儿和我合伙买房，她爸就不会不是个精明的人，于是这富爸爸建议，我、小雨、小雨妈和他先开个家庭会议。

我爸妈一听说我还没结婚居然要跟人家合伙买房了，而且是做生意的人家，怎么搞得过人家啊，他们从老家一天打十个电话过来，后来他们派我在省城的舅舅参加这个家庭会议。

开会的那一夜之前，小雨还担心她妈和她爸在讨论过程中可能会吵起来。其实她在瞎担心，她爸妈没吵，他们和我、我舅坐在一起谈楼市走向，谈哪个楼盘保值哪个楼盘还有涨的空间，聊得挺热火。她爸说他在温州的那些朋友现在都在四处买房，人家都在集资买哪。小雨坐在我们中间，半懂不懂地听着。我知道她挺高兴，今天家庭氛围挺温情，因为都在聊投资的事。

大家聊了一夜投资，就是没聊我和她的情感的可能性和不可能性。情感的事没人管了，可能这也没错，否则真办不成事。

我跟我舅走的时候，她爸凑近我的耳朵说，我这样想，你每月的按揭款还是给小雨管，女孩理财会细心点。

离开他家，我送我舅去地铁站。经过这一轮算术，我舅这个老教师也已经懂了，他说，我看这法子也对，房子先拿在手里总牢靠一些，即使以后相处不了了，比什么都没有好。

他关照我，这事还得先去办个公证，两家大人的钱，也不能由着你们小辈的情感乱来啊。

后来在骑车回我出租房的路上，我突然想起几年前夜色中米亚那蓬乱茫然的脸。如今回过头去，米亚曾经哀求的"婚前公证"真成了小菜一碟。我心里有隐约的刺痛，这日子绕来绕去，像做梦一样。也可能，任何事换个角度，就没那么紧绷，否则你还有什么办法呢？

这个晚上，我还不知道我和小雨到底有没有缘，但我知道我和她爸妈一定有缘。他们"噼里啦啦"地这么一算，我居然听明白了。只是米亚现在在哪里？

我往我的出租房方向骑，快到的时候，我突然想笑，因为从明天起，我该向小雨按揭了。

于是，我和小雨在情侣之外，也成了合伙人。

这"情侣＋合伙人"的创新型路径，原本可以继续行进下去，并且胜利在望。

哪想到，到2006年年初的时候，小雨她爸突然安排留学中介为她联系了澳大利亚一所著名高校，送她去读研究生了。我懂她爸的算法，有这么个胡搅蛮缠的女儿在身边，还不如送出去留学，进行哪怕一个时段的"物理隔断"。

小雨开始时不乐意，后来见联系来的是一所著名大学，也就心动了。她告诉我，在外国读研究生只需一年时间，很划算，她需要这个名校文凭，她很快会回来的。

我在机场送她的时候，她神情有别离的伤感，而到了那边后，她又欢天喜地起来。她写来邮件，说去了大堡礁，去了黄金海岸，太喜欢考拉了，澳洲海边的男孩真帅啊。她说想我想我想我。她说那里真是阳光啊。她的邮件里弥漫一片阳光。说真的，我想着她在这里因她爸妈那破事而情绪反复无常的脸，我真的希望她在那儿多留一段时间。

像众多分离两地的恋人，我们电邮、电话从一天一次，到渐渐一周两次，再到渐渐少下来……在她这样一个年纪，在这样一个年代，空间的分割、彼此面对的不同场景和命题，会消淡情感，消淡彼此的共通点。我们也没免俗，到冬天的时候，我们就不玩了。因为她的邮件没了。

她出发的那天，我其实有想到过这点，所以没太意外。

终于有一天小雨打了个电话过来，她的声音在那么远的地方。她说她认识了一个中国博士后，很逗的一个人。她说，一个人在外边，不靠别人是不可能的……

我辨认着她的声音，感觉她真的长大了。

2008年夏天北京奥运会之前，我所在的城市房价疯涨。有一天，小雨她妈来找我，说，是不是得抛了那套房？

我说，好啊，阿姨。

我们就把房卖了。钱，我和小雨对半分，我们各赚了60万。

我拿到钱的那天，走出银行，小雨妈对我说了一声"再见"，驾车而去。那时小雨已在澳洲成家了，刚生了个女儿，做妈了。

我看着她妈远去，心想，这是我这大半生赚得最多的一笔钱了，我跟小雨没缘，但遇着了她妈，也算有缘。

后 记

作 为 " 时 代 " 意 象 的 情 敌

————

　　每个年代里最漂亮的女孩，对于身边流过的浪潮都有近乎先天的敏感，她们动人的面容，像葵花趋光，追随着时代推进的方向旋转。

　　这就意味着与她们相遇的你，在有些阶段，可能无法跟上她们对于时代的直觉和焦虑。于是，当时代的追光打在潮流的呈现者身上时，你就可能沦落为情场上的loser，就像《那些年的情敌》中的"我"，一个更强大的"情敌——他"与你争夺她的视线，抢占她的芳心。

　　他，以及他所代表的那个突然而至的时代动向，就是你的情敌，他构成了对你的压力，让你恍若败给一波潮流，或者说败给一个你无法控制的"时代"。

生活在这个变化不息的时代，生活的推进常常迅捷、跳跃，但又具象无比，比如，它以恋爱"情敌"这面镜子，提醒你"标准"又变了，你又得调整自己的价值观了。

你觉得辛苦是一定的。而你觉得无辜吗？

千年以来的"时代"从来就是现实主义的，具有理想气质的情人因为稀缺才会成为书写和讴歌的主角。但即使我们认了现实主义，但依然无法遏制对瞬息万变潮流中那些无措的脸神和内心的同情，因为那是多数小人物经历的人生状态。那样的状态亦会追问历史理性的所谓逻辑和理性。

从好多年前上海姑娘"嫁军人""嫁干部""嫁海员""嫁大学生""嫁洋插队"乃至"嫁N条家具腿"起，这一路上，总有那么一些男孩，败在了这包括"N条腿家具""五环内住房"在内的各色"情敌"之手。

在《那些年的情敌》中，这些情敌是"诗歌""下海""股票""升职""分房""传销""购房"……

这是些多么奇葩的"情敌"，因为它们像镜子一样映照出你在年代中的前后左右，性价比定位。它们也像镜子一样映出爱情另一方的不安全感，即，在这样一片变化不息的土地上，中国女孩那种令人怜悯的焦虑和惶惑。

因为时代，总有一些人幸运地站在爱情的阳坡，而另一些倒霉蛋则被巨大的阴影覆盖。我们甚至可以想象，一个屡战屡败的男孩，如果将他漫长的情路，遭遇的形形色色"情敌"罗列成一张图表，那么它可能就是这个迅捷推进的时代画卷的另一种呈现方式，爱情"小败局"，啼笑皆非的各路转折，空灵轻巧地映照了这个时代的善变特质，它的追逐和放弃，它的成长和纷繁，以及小人物内心的代价。

　　于是，《那些年的情敌》中，作为情敌的，不仅是二十多年前的校园诗人，流浪的老蒋，做生意的伟亮、壮实的台商老苏、做传销的"床垫男孩"……还有他们各自身后那一波波潮涌，它们与我们内心构成了精神与物质的选择困境，它们演绎了纷繁年代里物质因何、如何逼近精神的征象。

　　在我们经历的这个世界，"变化不息"是永远的主旋律，但很少有哪个年代，像《那些年的情敌》描述的那些年一样，与精神梦想相关的浪潮如此清晰而密集地交替，符合逻辑，又出人意料，带着类似青春懵懂的兴冲冲，也带着类似爱情受挫的沮丧。

　　无论是一个人的浪漫情路，还是一个时代的起伏心路，都有它的源头和起因。不少朋友说这篇小说很好看，我想，多半是因为那些年精神物质的转折，对当下价值、精神现状构成了当下感。